내 사랑 …… 하얀 곰벵이

이상엽 지음

 충주문화사

추 천 서

서학수(전 해군사관학교 교수이자 지은이의 마음적 친구)

무엇보다도 힘든 직장생활 중에 틈틈이 이 소설을 쓰신 이상엽 님께 먼저 감사의 인사를 전합니다. 퇴근후 생활이 흐트러지지 않고 산고의 수고를 통해 감동적인 소설을 쓰신것에 사의를 표합 니다.

주인공 다미와 장이의 성공하는 모습을 통해 우리나라 70년대 80년대 산업의 기초를 세우신 분들의 수고와 또한 그 당시 청춘 들의 사랑을 배울 수 있는 소중한 경험이 되었습니다.

왜? 책 제목이 내사랑 하얀 굼벵이 인가를 생각해보니, 굼벵이 는 어릴때 배로 기어 다니지만 성체가 되면 나비가 되어 비로서 하늘을 날게 됩니다. 이처럼 우리 모두는 처음부터 날 수는 없습 니다. 처음에는 말할 수 없는 수고와 무시를 받지만, 그 과정을 잘 버티고 나면 그 분야에서 성공하는 사람이 되는 것과 같은 원리 입니다.

부디 이 책을 읽는 모든 독자들은 다미와 장이를 보고 삶에 용 기와 위로를 얻기를 기도합니다.

특히 저는 기독교인으로써 주인공들을 통해 예수님의 십자가 를 생각하게 되었습니다. 십자가가 먼저 있고 그 후에 부활의 영광이 있었던 것 같이 우리 모두는 수고와 노력이 먼저 있고 그 후에 영광이 있음을 믿고 우리 모두 하얀 굼벵이가 되었으면 합 니다.

내사랑… 하얀 굼벵이

• 차 례

내사랑… 하얀 굼벵이

1.

　어제도, 오늘도 아니 수 천만년을 그래왔듯이 이글거리는 태양은 떠올라 지구상의 모든 임들에게 공평하게 빛을 나누어 줄때 충청도의 작은 읍 소재지에 자리하고 있는 작은 동산자락의 끝에 빨간기와가 어설프게 지붕을 덮고 있는 작은 토담집 소년의 집에도 그 빛은 찾아들었다.

　소년은 이 작은 토담집 벽에 구멍을 내어 창호지로 도배를 해놓은 창문으로 햇살이 들어오기전에 일어나 마당가에 나란히 심어 놓은 해바라기 나무둘레로 작게 파놓은 도랑에 식구들의 소변을 모아놓은 질그릇 단지에서 오줌을 퍼다가 조금씩 나누어주고 몽당 빗자루가 다되어 가는 마당비로 집주변이며, 집으로 드나드는 작은 골목길까지 아침 인사 청소가 끝날때 쯤이면 밀가루로 만들은 수제비가 되었든 시금치가 전판인 된장죽이 되었든 아침밥을 먹으라는 엄마가, 아니면 다른 식구들에 부름이 있어 일곱식구들이 다같이 사는 작은 단칸방으로 들어가면 벌써 예닐곱(6~7개월)달을 변함없는 모양으로 아랫목에 병석을 자리하고 누워계시는 아버지 이불자락 옆에서 보리쌀 가루로 쓴 미움이 담어진 사기대접에서 조금씩 수저로 죽을 퍼 아버지 입에 조심스럽게 넣어 주면서 두루반(나무판으로 만든 등그런밥상)가에로 등그렇게 앉아 죽이담긴 사기대접에 수저가 부딪히는 소리를 내며 죽을 퍼먹는 오남매 자식들을 보고 오늘 하루에 일과를 엄마가 얘기하는 것이다.

본래는 삼녀 사남으로 칠남매인데 스물여섯의 큰딸은 서울에서 직장생활을 하다가 삼년 전에 출가하여 두 아들의 엄마가 되었고, 큰딸 뒤로 두 아들을 보았으나 돌림병을 막아주지 못하고 잃는 바람에 큰딸보다 십년이나 나이가 어린 열여섯살에 작은딸이 있는데, 이 딸은 국민학교(초등학교) 3학년을 제대로 끝내지도 못하고 왼쪽다리가 없는 아버지에 목발을 따라 객지 이곳 저곳을 다니다가 집에 들어오곤 하였는데, 아버지가 알지도 못하는 병에 걸려 눕는 바람에 아버지 입에 미움을 떠넣어 드리는 거며, 동생을 돌보면서 한달여를 보내고 있는데 하루하루 조석으로 양식걱정 하는것을 아는 이웃집 아저씨가 2년전에 준공된 집에서 2km 떨어진 곳에 있는 전매청 재건조부에 취직을 시켜주어 출근하고 있었다.

그 어린 딸네미가 한달에 받아오는 월급이 보리쌀 닷되라도 살수있는 돈이라면 매일은 아니더라도 월급날 그날만큼은 보리밥을 푹퍼지게 한솥단지하여 새끼들 배터지게 먹여보련만, 밀가루 한포대를 겨우 살수있는 월급에 그나마도 취직되어 출근한지가 여섯달이 되어가는 데도 월급 두번 타오고 한두달 밀리는게 예사였다.

그런 딸네미 밑으로 아들로써는 큰아들로 열네살먹은 아들은 연초에 초등학교를 졸업하고 두세달을 죽대접만 두드리다가 집에서 사십여리(12km) 떨어져 있는 도회지 중화요리집에 꼬맹이로 취직되어 객지로 나가고 그 밑으로 이책의 주인공인 열두살 아들녀석과 아홉살 아들녀석 여섯살 아들녀석 마지막으로 이제 태어난지 첫돌이 지나지 않은 핏덩어리 계집아이까지 오남매가 오글오글 있는 것이다.

"순덕아

저녁에 국수삶을때 너무일찍 퍼내지말고 조금 불은다음에 퍼내야 돼

그래야 양이 많으니께 그러구 장이는 학교 같다 오는데로 아래집 아줌마한테 가서 애기 젖먹여 오고 어제 저녁에 부탁해 놓았으니께"

라면서 딸네미와 열두살먹은 아들에게 얘기하고

"장이는 학교끝나면 집으로 바로와서 애기보고 장구야 너는 형들 집에 올때까지 어데가지말고 애기 기저귀 갈아주고 잘

보고 있어야 돼-아버지 오줌도 받아 내야 되고 알았지?"

배가 덜 찼는지 죽대접을 긁으며 수저를 놓지 못하는 새끼들에게 얘기를 마치려하자

"엄마 오늘은 어데로 가는건데? 멀리 가는거유?"

하고 딸이 묻는다.

"갈대리 옆에 서당골이라고 여기서 이십리니께 조금멀지 그런데 오늘은 맞추어놓은 옹기그릇이라서 갖다주고 곡식으로 받아오면 되니께 일찍 올것같아 그래도 퇴근하다 어데로 새지말고 바로와서 국수삶아서 동생들먹여 알았어? 전날같이 새기만 해봐 다리부러질테니께"

이렇게 딸네미한테 겁을 주면서 얘기하는 엄마의 목소리도 동생들의 칭얼거리는 소리도 소년의 귀에는 들어오지 않았다.

"근디? 장이는 아까부터 왜 아무대답이 없어? 어디가 아픈 겨? 수저뜨는 것도 선찮고"

다른 새끼들은 후지럭 후지럭 죽을 퍼먹으면서도 고개를 끄덕이던지 콧소리로 흥흥거리던지 대꾸가 있는데 죽을 퍼먹는둥 마는둥 죽대접만을 보고 고개를 숙이고 있는 소년을 보고 엄마가 얘기하자 고개를 숙인채

"안아퍼유"

소년이 대답하자

"그려 안아프면 됐어. 얼른 죽퍼먹어 누나도 얼른 설겆이

하고 일나가야 되니께"

아버지 입에 미음을 다넣어 드렸는지 미음대접을 들고 일어나며 엄마가 얘기하자 소년은 고개를 들고

"엄마 오늘학교갈때… 왜 또 기성회비 갖고 오랴? 누이 월급나오면 준다고 했잖어- 얼른 죽떠먹고 일어나 엄마도 얼른 나가봐야 되니께 아줌마들 올 때 됐어"

소년에 말이 아직 끝나기도 전에 아래바지 몸뻬 바람을 일으키며 반쯤 열려있는 방문을 열고 나가는 엄마에 등뒤를 따라 나서면서

"엄마 기성회비가 아니고… 기성회비말고 니가 학교에 가져갈께 뭐가 있어? 엄마 저… 기성회비말고…저-기…"

엄마 뒤를따라 방문밖 뜨락에서 머리에 이고갈 커다란 파내기(용기)한개와 그안에 포개어진 옹기(질그릇)시루에 묻은 먼지를 걸레로 닦아내는 엄마 옆에서

"기성회비가 아니고 저…… 책값

아니얘가 오늘은 왜이렇게 안하던 찝짜(떼스는짓)를 붙어! 형이 없으니께 니가 형대신 나선겨?

책 잃어버렸으면 이따가 엄마가 와서 동네를 한바퀴 돌아볼테니까 어여 책보챙겨 들고 동생데리고 학교가 안하던 짓을 하고 있어

저기봐 아줌마들 오시잖어 형님들 일찍들 오시네유"

저쪽마당 끝자락으로 진한 밤색의 옹기를 두세개씩 머리에

이고 들어서는 두 여인네를 바라보며 말을 건네는 엄마에 몸빼자락을 살짝이 당기면서

"오늘 꼭 책값…"

소년은 다시한번 용기를 내어 기어들어가는 소리로 말을 하며 엄마를 보았으나

"얘가 오늘 왜이러는겨! 알았다니께 어여 학교로 나서 '형님들 가유'하며 또바리를 머리에 얹고 옹기 파내기를 이고 나서 순덕아 엄마간다 예! 엄마 댕겨와유 이따 마중나갈께유"

엄마와 두여인은 옹기파내기를 머리에 얹은(인) 뒷모습을 보이며 마당밖 작은 골목길로 사라져 갔다. 그렇게 무거운 뒷모습으로 사라져가는 엄마에 뒷모습을 바라보는 소년은 무슨 서러움인지 슬픔인지 시큰하게 눈가에 눈물이 핑돌을때,

"형. 학교안가?"

하면서 2학년에 다니는 동생이 소년의 책보따리를 건네주면서 얘기하자 소년은 동생이 건네는 책 보따리를 받으며

"으-응 근데 장장아 오늘도 형은 저 윗집 친구집에 들려서 친구하고 같이 갈테니까- 너는 앞집 친구하고 같이 가- 올때도 같이 오고 괜찮지? 알았어- 형."

마당 가장자리에 자리하고 있는 장독대 옆으로 다른식구들은 별로 관심을 쓰지 않지만 소년이 정성들여 가꾸는 작은 꽃밭에는 봄에 씨를 심고 혹은 아래집 누나한테 옆집 아줌마

한테 모종을 얻어다 심은 봉숭화며, 채송화, 접시꽃 나무에는 5~6월 보릿고개를 힘겹게 넘기고 꽃을 피우려 몽실 몽실하게 봉우리가 맺혀 있었고 그 꽃밭으로 이어져 있는 작은 텃밭에는 연보라색 꽃을 피운 감자나무가 싱싱하게 자라고 있었다.

소년은 동생이 건네준 동그랗게 혹은 네모 모양으로 헝겊을 대어 꿰멘것이 선명하게 표시나는 책보따리를 뜨락에 내려놓고 서너 발자욱 넓이의 마당을 가로질러 감자밭과 꽃밭 사이에 웅크리고 앉아 무슨생각에 잠기는지 무릎위로 고개를 파묻은 채 아침 설겆이를 마치고 출근을 하면서 웅크리고 앉아 있는 소년을 바라보면서

"장이야 학교안가?"

라며 한마디 건네자

"알았어 갈겨"

라고 아무런 미동도 없이 고개를 파묻운채 힘없이 대답만 할 뿐이다. 한참을 그렇게 석고상과도 같이 웅크리고 앉아 있는 소년은 무슨 각오라도 세운듯이 벌떡 일어나 뜨락에 있는 책보따리를 옆구리에 끼고 바로 코앞에 있는 방문을 향해

"아버지 학교 다녀올께유"

하고서 토담집 뒷쪽에 이 삼십 포기의 고추나무가 심어져 울창하게 자라고 있는 고추밭 고랑으로 기어 들어가 책보따리의 매듭을 풀어 고랑사이에 책보를 피고 국어책이며 산수

책 도덕책들을 쭈욱 깔고 그위에 엎드려 양팔 사이에 수련장 (예상문제집)을 끼고 얼굴을 묻었다. 고추밭 고랑의 넓이는 열 두살 작은 소년의 몸둥아리를 받아주기에 안성맞춤한 넓이 로 마치 먼길을 가는 나그네가 고추밭 그늘진 고랑에서 쉴곳 을 찾은 듯이 그렇게 한참을 조용히 엎드려 있든 소년에 어 깨가 일렁이는가 싶더니

"안가! 안갈꺼야! 이책들도 이제는 소용없어 안가!"

꿈길 안개속에서 들릴듯이 말듯이 희미하게 소년에 흐느낌 이 들리며 그작은 어깨는 크게 일렁이기 시작했다. 소년은 벌써 오늘까지 6일째 땡땡이(학교에 가지않고 엉뚱한 장소에서 시간을 보내는 짓)를 치고 있는 것이다.

오늘까지만 이라도 책값만 가져간다면 무슨 벌을 받더라 도, 손바닥을 5일치를 합쳐 오십대를 맞어도, 당당하게 학교 에 갈 생각이었다. 그러나 그 소년에 주변에는 소복소복이 쌓여있는 애닳는 소년에 고민을 들어 줄 이도 받아 줄 이도 없었다.

책값… 소년이 8살이 되는해에 또래의 친구들과 함께 가슴 에 하얀 콧수건을 달고(초등학교에) 입학하게 되었을 때, 때마 침 엄마나 아버지가 무슨 곗돈을 받았는지, 아니면 이웃에서 빌린 돈인지는 알 수 없었지만, 1학년 첫학기에서는 그 누구 에 손때도 묻지않은 새책을 받아보고 그 이후 학기를 마치고 지금 5학년이 될때 까지 새책에 모양은 같은반의 친구 것으

로 볼수 있었을 뿐 학기가 바뀌고 학년이 바뀔 때마다 이웃
집에서 또는 이웃동네 집에서 소년에 엄마가 구해다 주었고
그렇게 구하다 없는 교과서는 고물상으로 찾아가 헐값에 사
다주었다.

새책보다는 비할데없이 초라한 모양에 책이었지만 소년은
부끄럼 없이 헌책을 책상에 펴놓고 선생님 말씀을 듣는 자세
는 누구보다도 진지하였고 열심이었다.

그래서인지 60명 안밖의 같은 반 학생수에서 20등 안을 오
가며 성적을 유지하였는데 4학년에 올라가서는 30등 밑으로
쭈욱 떨어지는 것이었다. 그 이유는 하루 정해진 시간표가
끝나고 동아전과 동아수련장(예상문제집)을 펴놓고 과외비를 내
며 선생님한테 과외(보충수업)를 받는 반에 친구들을 따라가지
못하는 것이었다.

생명을 갖고 태어나는 사람들이 자신에 의지대로 가난한집
이 아니고, 부자집에 여자가 아니고 남자로 혹은 여자로, 태
어날 수만 있었다면 소년은 지금에 엄마, 아버지가 살고 있
는 토담집을 선택하였을까?

학교수업을 마치고 집으로 돌아오면 학교에서 구호양식으
로 점심에 주는 강냉이 죽이라든가 강냉이 빵을 안먹고 집으
로 가져와 동생들에게 먹인다음 낮잠을 재우고 나서 부엌 한
쪽 구석에 흙으로 묻어 놓은 물독과 장독의 물독에 양동이를
들고 나가 이웃집 우물에서 샘물을 퍼다가 가득 채웠는가 싶

으면 2학년이 높은 형이 학교에서 돌아와 땔깜을 구하러 집 뒷산이나 조금 멀은 곳으로 나갈때 같이 따라가 땔깜을 구하여 집으로 돌아와 동네 어느 곳으로 나가있는 동생들을 찾다 보면 하루해는 기울어지고 석양은 붉게 물들어지는 소년에 하루 일과에서 선생님에게 과외를 받는다는 것은 생각하지도 못할 일이었으나 다만, 빙과공장주인의 아들인 옆자리의 친구에게서 빌려본 동아수련장(문제집)이라도 있어서 아무때라도 볼수만 있다면 친구들에게 성적이 떨어지지는 않겠는데…라는 생각은 간절 하였지만 매일아침 학교준비물 문제로 형과 아귀 다툼을 하는 엄마에게 동아수련장 얘기를 할 엄두도 내지 못하는 소년과는 달리, 형은 그날에 돈으로 사야될 준비 과제물이 있거나 학교에 가져가야 할 돈이 있으면 끝까지 엄마에게 찝짜를 붙어 결국은 친정식구 누구에게라도 피해를 준 웬수 대하듯이 대하며 어느 독에다 감추어 놓았던 돈인지, 급히 이웃집에서 빌린 돈인지, 골목길앞의 신작로 바닥 가운데서 주저앉아 두발을 비벼대며 악을 쓰고 있는 형에게 던져주고 엄마가 집 골목길로 모습을 감추면 발딱 일어나 던져놓은 돈을 집어들고 씩씩하게 학교로 향하는 것이다. 그러한 형이었기에 자랑스럽고도 떳떳하게 6학년 전 과정을 수료하고 졸업을 했는지도 모른다. 그렇게 하고싶은 말을 못하고 있을 때, 두달여 바깥일을 마치고 누나와 함께 집으로 돌아오신 아버지가 소년에 성적표를 보시고

"왜-이렇게 성적이 떨어졌냐"는 물음에,

"중학교 가려고 하는 친구들이 동아수련장(예상문제집)을 보며 선생님한테 다시 과외 공부를 하니까…"

라며 혼자 중얼거리 듯이 핑계아닌 핑계를 대자, 어린아들 자식에 하루일과를 훤히 알고 있는 아버지였지만

"과외공부를 못하니까 더 열심히 해야지"

라고 말씀하실 때 소년은 엄마에게 하고 싶었던 얘기를 벼르고 있었다는 것 같이

"아버지 수련장 사주세유… 그러면 일등도 할 수 있어유-라고…"

불쑥 얘기하자 옆에 앉아서 얘기를 듣고 있던 누나가

"얘가 수련장 살돈이 어딨어, 요번에 얼마 하지도 못하였는데…"

라며 나는 국수사러 갔다 올 테니까 "너는 동생들 찾아갔고 집에 와 있어."

라고 하면서 소년에 손목을 잡고 일어설 때 아버지는 아무 말씀이 없으셨다. 그날도 그렇게 아무런 희망도 없이 소년에 하루가 지나는듯 하였는데,

"쌀집에 외상으로 갖다 먹은게 쌀 닷되 하고 보리쌀이 열되가 넘으니까 쌀집하고 눈치가 않좋아서… 요번달에는 다 끊어(결제) 주어야 다음달 아버님 제사하고 할머님제사 때 뫼(쌀밥)라도 쓸건디…, 그래도 어떻햐-저도 성적떨어지는게 싫

으니께 저러는디- 과외는 안되더라도 수련장이라도 해줘야
지…"

작고 맑은 작은 산골짜기의 호수에서 솔솔 바람을 타고 오
는 속삭임이 들리는 것과 같이 작은 토담집의 단칸방에 어둠
이 찾아들어 어린새끼들도 하루 해를 보내고 잠자리 요위에
올망졸망 나란히 누워 모두 잠이 들은듯 하였으나 아직은 무
슨 생각으로 깊은잠에 들지 못하는 소년의 귀에 이제 태어난
지 백일도 안되는 갓난동생을 등에 업고 이곳 저곳 동네를
돌아다니며 장사를 끝내고 저녁 어두어서야 집으로 돌아온
엄마와 함께 새끼들 잠자리 한쪽 끝에서 잠자리를 같이하는
엄마와 아버지와의 도란거림이 들려왔다.

교과서 보다도 두배나 넓고 세배나 더 두꺼운 그 귀한 동
아수련장이 소년의 품에 들어오는 날부터 소년이 갓난 동생
을 업고 뒷동산에 오를때에도 책에는 흥미가 없어 걸그적 거
린다며 집에 놓고 가라는 형을 따라 나무를 하러 갈적에도
소년에 한치 곁을 떠나질 않고 자신감을 불어 넣어 4학년을
정리하는 마지막 시험을 보고 성적표를 받은 소년은 먼저 엄
마에게 보여 드렸으나 엄마는 별 다른 말씀 없이 보아 넘겼
지만 같은반 친구들을 이십여명을 훌쩍 제끼고 10위중간 성
적으로 되어있는 성적표를 고이 간직하였다가 아버지가 집
으로 돌아오셨을 때 보여드리자 흡족해 하시며 소년에게 칭
찬을 하자

"아버지 5학년 수련장은 먼저 갖다 보다가 봄에 보리추수 끝나고 책값을 내면 된데(유)"

라고 말씀드리자

"그려? 그러면 날이 해동하면 나도 많이 움직일수 있으니께 우선 갖다 봐- 책값은 내가 해결해 볼테니까…"

그렇게 하여 소년은 5학년 첫학기 첫날 등교를 하면서 몇 군데가 꿰메어진 책보였으나 그 책보 맨 밑에 수련장을 깔고 그위에 교과서를 나란히 하여 책보를 매듭한 다음 두틈한 책보따리를 옆구리에 끼고 학교로 향하는 길에서 저 앞에 가는 친구녀석의 두틈한 책가방도 같은 반 여자친구인 윤순경아저씨 딸네미의 고운 색깔의 가방도 눈에 들어오지 않았다. 소년의 책보안에 쌓여있는 수련장은 소년의 부끄러움을 모두 흡수해버린 것이다.

그러나 설 명절을 지내려면 추워도 한번 더 돌아다녀와야 한다고 역시 토담집 단칸방 그 잠자리에서 늦은밤 엄마와 도란거리신 그 다음날 누나를 데리고 그 엄동설한에 집을 떠나신 후 한달여 만에 집으로 돌아오신 아버지는 지금 병석을 잡으신 곳에서 그대로 앓아 누우시더니 말씀까지 잃으신 아버지가 되어 버린 것이다. 그래도 소년에 아버지가 혹한추위에서는 못 움직이겠지만 날씨가 조금 풀린듯 싶으면 열차를 타고 가까운 읍내나 시내로 왕래를 할 적에는 적은 수입이라도 갖고 들어 오시니까 엄마가 가끔씩 집에 있을적도 있었으나 아버지가 병석에 자리하신 후로는 갓난 동생을 등에 업은 엄마의 머리위에는 무엇이든 얹어져 십리길도, 이십리길도, 삼십리길의 오지라도 다니면서 찢어지지 않은 나락이며, 보리쌀이며 때로는 고구마라도 바꾸어 갖고 집으로 들어와야 6 섯식구의 한끼 양식이 되는 것이다.

소년이 고추밭 고랑에서 책위에 엎드려 흐느끼다가 잠이들어 깬것은 집 골목길 옆 신작로 건너편에 있는 제지(종이) 공장에서 정오를 알리는 싸이렌소리 때문이었다. 소년은 바로 누워 하늘을 보니 온통 녹색의 고추나무 가지가 하늘을 가리웠고 그 가지 사이로 참 빗살같은 가늘은 빛만 들어 올 뿐이다.

보릿고개가 막바지로 치닫는 5~6월은 선생님의 이런저런 말씀으로 지나갔지만 5학년 첫학기를 마치고 여름방학으로 들어서는 7월에 들어서자 본격적인 책값(수련장) 독촉에 압박으로 월요일에 손바닥 한대, 화요일에 두대, 토요일엔 여섯대… 저번주 부터는 하루에 다섯대 씩을 맞았다.

소년은 손바닥에 피가 나도록 맞고 이제 그만 했으면 좋겠다. 정말로 싫은 것은 반 친구들 앞에서 나가 담임선생님 과목 한 시간이 끝날 동안 손을 들고 서 있다가 손바닥을 맞는데 소년 혼자 뿐인 것이다. 한 친구라도 더 있었으면 그 동지애는 대단했을 것이다. 결정적으로 소년의 자존심과 자신감을 무너뜨린 것은 전번 주 토요일날 손바닥을 때리면서 과외도 못하면서 "수련장은 왜 가져갔어 임마- 없이살면 거짓말을 매일해도 되는거야? 가난하게 살아도 거짓말은 안해야지"

선생님이 하신 말씀이다. 과외는 못하면서- 가난하게 살으면서- 이런 말들은 아무렇지 않았다. 하지만 매일 거짓말을 하는 사람으로 같은 반 친구들앞에서 손바닥까지 때려가며 각인을 시키는 것은 소년에게 부끄러움을 넘어 모멸감을 주기에 충분했다. 소년은 "못갖고 왔어요"라고 했을 뿐 약속을 어긴적은 없었다. 소년은 고추밭 고랑에서 일어나 깔았던 책들을 주섬 주섬 정리하면서

"안갈껴(거야) 진짜 안갈껴"

저녁에 누나오면 누나한테 엄마에게 얘기하라고 하고 엄마한테 한번 혼나구서 학교에 안가는게 좋았다.

"누나는 왜? 안먹어? 으-응 나는 엄마하구 같이 먹을라구 오늘은 일찍 오실것 같으다구 했잖어.

나는 지금 엄마 마중나가서 짐 받아 갖고 같이 올테니까 다먹구서 부엌에다 내다놓고 아궁이에 아버지 미움그릇 올려놨으니까 물먼저 떠 넣어 드리고 미움을 조금씩 떠 넣어 드려-

애들 못나가게 하고- 알았어-

근데 누나, 엄마하고 오면서 말씀드릴껴(거야)? 말씀 드려야지 어떻할껴- 요번주는 학교에 한번도 안 갔다면서…

갔다 올테니까 애들하고 있어- 알았어?

엄마가 집으로 돌아오는 금강상류 강변 산길 십리길은 고

요하고 평화로웠으나 이 고요함과 강건너로 보이는 노산리 작은 들녘에서 풍겨오는 평화로운 이 길을 십년가까이 드나들면서 한번이라도 맨몸뚱아리로 걸어가고, 걸어와 본적은 엄마에 기억에는 없었다. 갈적에는 무엇이라도 돈과 곡식으로 바꾸어야 될 것이 머리에 얹어 있었고 올적에는 한끼 양식거리가 되는 것이라면 고구마, 감자라도 이어져 있었다.

"아니 그러면 엿새씩이나 어디서 보내다가 집으로 들어왔다냐?

어제까지는 강가 철도에서 보내다가 빨래하러 나온 복순 아줌마를 보고 나서는 강가로 못나가고 오늘은 집 뒤 고추밭에서 반나절 누워 있다가 집으로 왔데.

어떻해야되- 엄마 국민학교는 졸업시켜야 될건디.

졸업이야 시켜야 되는디… 쌀 한말 값이 넘는 돈을 어디서 장만할 수 있어-

니아부지가 어떻게 해줄라고 했든 모양인디 아버지도 일어나긴 틀린것 같구.

책값 안해주면 학교 안갈려구 할것 같던디- 도리없지 어떻하겠어 학교를 일년 쉬라고 해야지.

중학교 가는 애들도 시험 떨어지면 일년씩 쉬었다가 다시 가잖어"

둥지에서 날개를 퍼득거리면서 날아보려든 새 새끼의 날개가 상처를 입고 날개를 접는 순간이었다. 집으로 돌아온 엄마는 딸네미가 갖다 준 국수대접에서 젓가락으로 국수가락을 휘저으며 밥상머리 옆에 앉아 있는 소년에게 무엇을 이유로 삼아 혼을 내주고 회초리를 갈기며 얘기할만한 건덕지가 생각나질 않았다. 자손이 귀한 친정집안에 무남 독녀 외동딸로 자라나면서 쌀이 보리쌀 보다 더 많이 섞인 밥을 삼시세끼 거르지 않으며, 지금 이 굶주림에 질곡에서 내 새끼들이 배불리 먹고 싶어하는 죽을 엄마는 입맛으로만 가끔씩 먹었었다.

엄마도 경험하지 못한 굶주림에 경험을 내새끼들이 하고 있는 것을 보면서… 안타까움도 찢어지는 가슴도 이제는 무디어질데로 무디어져 있는 엄마는 국수 한저붐을 목구멍 넘어로 삼키고

"학교엘 안가면 뭐할껴?

고생되도 조금더 다녀봐야지-누이 밀린 월급 나오면 기성회비하고 어떻게 해볼테니께…"

2.

"싫어- 안갈려! 손바닥 아픈것은 참으면 되는디- 매일 거짓말 시킨다고 하잖어… 선생님도 싫어!"

숙이고 있는 고개를 꼿꼿이 세우고 단호한 어조로 말하는 소년에 두 눈동자에는 가늘은 끄름을 내며 좁은 단칸방을 희미하게 밝히고 있는 흰 등잔불 꽃이 반짝이며 담아져 있었다. 이 가난의 굴레바퀴에서 허덕이는 토담집 식구들의 사연이야 어떻든 찾아든 어둠은 깊어만 가고 등잔불의 연약한 불씨가 꺼지며 식구들의 눈에 잠을 쏟아 붓는가 싶더니 어김없이 동녘은 밝아지며, 아침해를 띄우고 한쪽 날개에 상처를 입은 작은새의 어설픈 날개짓이 시작되면서 기어의 톱니바퀴와도 같이 맞물려 어른들의 아귀 다툼으로 돌아가면서 아무것도 보장되어 있지 않은 멀고도 멀은 인생항로에 첫발을 내디딜때 토담집의 부실한 살림살이들은 아직은 어린소년의 손에서 정리가 되어지고 집앞의 제지공장에서 점심을 알리는 싸이렌이 울리면 엄마가 쑤어놓은 죽이되었든, 삶아놓은 고구마, 감자가 되었든 두남동생을 챙겨먹이고 갓난 여동생을 등에 업고 아래집 아줌마한테 내려가 젖을 얻어 먹여 오구서 아버지의 미음수발이 끝나면 장독대 한켠에 누워있는 물지개를 어깨에 메고 물독에 물을 다 채웠다 싶을 때 쯤이면 소년에 하루는 서산에 걸쳐져 붉은 노을이 만들어지면서 누이가 퇴근을 하여 마당에 들어서는 것이다. 소년에 생활얘기를 하면서 인생이란 것을 들먹이며 엮어 가기에는 상당히 적절하지 않지만 어느 고난도에 운명을 받고 태어난 어른에 비할수 없을 정도로 소년에 앞날의 인생은 녹녹치가 않았다. 소년은 어린동생들에 삼시세끼 해결과 살림을 도맡아 하면서 동네이웃 아줌마들이 불러주는 토담집의 작은 엄마라는 소리가 썩히- 마음에 안들었던지… 조금씩 조금씩 토담집의 마당밖으로 벗어나기 시작하면서 팔월 삼복 찜통더위에 접어들자 아이스케키며 비닐우산을 도매하는 작은 도매상 가게에서 아이스케익 통 하나를 지급받고, 그 안에 2~30개의 아이스케키를 담아 메고 금강변 수영장으로 향할때 아이스케키요! 아이스케키요! 라고 질러대야할 소리가 쉽게 나오지는 않았지만 도매상 가게주인 아줌마의 케키가 녹으면 하루 장사를 망치게 된다는 충고를 수없이 생각하며 노력한 결과 얼마 지나지 않아 목젖에 걸려있든 소리가 튀어나오기 시작하면서 소리를 질러대기 시작했다.

아이스-케키요! 아이스-케키요! 토담집 소년의 첫 장사가 시작되는 것이다. 물론 케키통을 열고 케키하나를 꺼내주면서 2원을 받을때도 있지만 형님 누나가 모여있는 재수좋은 장소에서는 한번에 열개를 내주고 20원 뭉치돈을 받을때는 소년의 얼굴에 화색이 도는 것이다. 그것은 20개의 아이스케키 도매값이 다 되었고 6섯개 남은것은 집으로 가져가 동생들을 다 먹여도 괜찮을 뿐더러 다 팔게되면 12원이 남고 한번더 갖다 모두팔게 되면 24원이 남아 우리식구가 한끼 배불리 먹을 수 있는 국수 2근을 사고도 4원이 남을 수 있는 것이다.

그러나 삼복더위를 만들어 내리쬐는 하늘께서는 아이스케키 장사만 돈을 벌게하는 것은 공평하지 않다고 생각을 하시는건지 느닷없이 먹구름을 만들어 마른하늘에 번개불을 번쩍이며 소년에 순발력을 알아보기라도 하려는 듯 소낙비를 쏟아부을때 하늘에 뜻을 알아차리기라도 한것 같이 소년은 잽싼 걸음으로 도매가게로 돌아가 케키통을 반납하고, 아줌마 저도 비닐우산 10개 주세요-하고 순간에 우산장사로 변신하여 받은 우산을 한아름 옆구리에 끼고 우산이요! 우산하고 외치며 빗속으로 튀어나가는 것이다. 이렇게 소년의 하루는 국민학교(초등)대선배인 한국을 대표하는 여배우 kim ××씨의 하루 schedule보다도 더 바쁘게 하루 해를 보내는 어느날 억세게 재수가 좋았던 날인지, 아니면 그 힘없은 두눈에 눈맞춤이라도 하라고 하늘이 도우신 건지는 몰라도 아직도 해가 중천에서 이글거리는 시간인데 아이스케키 60개를 다 팔은 것이다.

"아줌마- 오늘은 그만 할래유- 왜?

해가 아직 많이 남았는디-

조금더 하고 싶은디 오늘아침에 물을 조금뿐이 못 채워서 일찍 가려구요. 조금 있으면 누나가 퇴근할 시간이거든유-

아-이구 누나오면 누나가 물채우면 되지-

이 작은체구에 물바케스(양동이)들을 힘이 어디 있다구?!

그게 아니구유- 내 물통은 따로 있구유 누나가 빨래하구 저녁할려면 물을 많이 쓰야거든유-

그려- 그럼 얼른가봐 자- 이건 조금뿐이 안녹은 거니께 동생들 갖다주구…"

하면서 항상 소년이 착하다고 하면서 친절하게 대해주시는 도매가게 주인아줌마가 얼음이 들어있는 비닐봉지에 아이스케키 3개를 넣어주며 얘기하자

"아줌마 오늘은 하드크림(hard cleam) 하나 가져 갈려구유- 왜? 누구 줄려구? 누나 줄려구 가져가는거? 하드크림은 3원 내야되는디"

하드크림은 우유가 많이 들어간 고급 빙과(얼음과자)로 하나에 5원씩 팔고 도매값이 3원이었던 것이다.

"아녀유- 누나올때까지 기다리면 녹아서 못먹으니께 아버

지 한번 드려 볼려구유- 아버지는 죽뿐이 못 드신다면서…? 딱딱해서 못잡수실건디"

소년이 도매상 가게에 처음 찾아와서 케키통을 하나달라고 할 때 집은 어디냐고 묻고, 부모님은 계시냐고 묻자 아버지는 그렇게 병석에 누워 계시며 엄마는 장사를 다니신다는 얘기를 한적이 있어 주인마줌마가 걱정반으로 얘기하자

"그래서 수저에다 조금씩 으깨어 넣어 드려볼려구유- 그려-그렇게 해도 되겠네… 생각하는 것두 기특하기두 하지-그럼 얼른가봐"

주인아줌마가 케키가 담아진 봉지에 하드크림(hard cleam)을 하나 넣어 주며 얘기하자 소년은 1원동전 세잎을 내밀며,

"아줌마 내일 올께유 안녕히 계셔유."

도매상 가게에서 토담집까지는 헤철하지 않고(헛눈질하지 않고) 빠른 걸음으로 걸으면 10분안에 충분히 도착할 수 있는 거리에 있었다. 소년이 케키통을 메고 첫날부터 사-오일동안은 본전 하기에도 바빠 동생들이 먹구 싶어하는 녹은 아이스 케키라도 집에 가져갈 겨를이 없었지만 이제는 보름여가 지나면서 소년에게 어린 동생들이 있다는 것을 아는 도매가게 주인아줌마가 약간 녹은 케키를 그냥 줄 때도 있고 그렇치 않으면 오늘 벌은 돈에서 도매값으로 두 세개 값을 제하고 가져가 주다보니 이제는 녀석들이 형이 집에 올 시간 때 쯤이면 집 골목입구까지 나와서 기다리구 있다가 형이 주는 아

이스케키를 입으로 가져가 후지럭 후지럭 **빨**으면서 형이 없는 시간에 애기 귀저기를 갈아준 얘기, 아버지 오줌을 받아낸 얘기를 양옆으로 따라오면서 교대로 좋알대는 것이다. 그런데 오늘은 집으로 향하는 신작로 작은 언덕위에 올라 저-앞에 보이는 토담집 골목 입구를 바라보는 소년의 두눈에 형을 발견하고 뛰어 올 두 녀석들의 모습이 보이질 않는 것이다. 내가 조금 일찍와서 그런거겠지 라고 생각하며 신작로 가에 길을 타박 타박 내려와 오른쪽 토담집 골목길을 들어서 잠깐 사이에 마당으로 들어서자 방문앞 뜨락밑에 두 녀석이 웅크리고 앉아 있다가 형이 들어오는 것을 보고 아직도 느끼를 주며 울고 있는 갓난이를 앞품에 앉고 있던 국민학교 2학년에 다니는 동생이 힘겹게 일어나면서 형을 바라보고

"혀-엉"하고 부르는 낯빛이 무엇엔가 많이 시달린 초조한 모습이었다.

"니들 왜 여기서 이렇하고 있어? 애기도 울고?

혀-엉 아버지가 막 소리지르고 발로 이불도 차고 하니까 애기도 잤었는데 깨서 울고"

옆에 있던 6섯살 동생이 더듬거리며 얘기하자,

"아버지가 많이 아프셨는가보네- 아버지가 아프실적에는 소리를 지르시 잖어- 자-어서 녹기전에 어서 먹어"

참아내기 힘든 진통이 있을 적에는 소리를 지르신다는 것을 아는 소년이 케키를 꺼내주며 얘기하자

"혀-엉 오늘은 아버지가 소리지르며 발로 이불도 막차고 그래서 무서워서 나왔어."

형을 보고나니 이제는 안심이 되는지 편안해진 얼굴로 2학년 동생이 얘기하며 아이스케키를 빨기 시작하자, "그려?" 아버지는 엎치락 뒤치락만 하시지 다리는 못 움직이시는데 이상하다는 듯이 고개를 갸웃거리고 애기 입에도 케키좀 넣어주면서 먹어 하며 방문을 열고 아버지 병석을 바라보니 덮고 있던 아버지 홋이불만 흐트러져 있을 뿐 동생들이 얘기했던 아버지에 상황은 언제 그랬냐는 듯이 조용하였다. "아버지 많이 아프셨어유? 근디 아버지 다리에 힘이 없는데 어떻게 발길질을 하셨어유? 이제 병이 나은 건가유?"

소년이 흐트러진 홋이불을 다독여 정리를 하고 홋이불위로 다리를 주무르면서 아버지 얼굴을 바라보고 얘기를 하는데 얼굴에 누르수름한 빛을 띄운채 힘없는 두 눈은 언제 나와같이 천정만을 응시 할 뿐이다.

"장장아 이제 괜찮으니께 부엌에 가서 대접하나 하고 수저 2개 갖고 들어와"

방문밖으로 소년이 얘기하자 갓난 여동생과 함께 6섯살 동생이 먼저 들어오고 곧이어 2학년 동생이 사기대접 하나와 수저 2개를 갖고 들어오면서

"형- 이거는 뭐할려구햐? 아버지 미움은 누나가 와서 만들어야 되잖어?"

하면서 대접과 수건 2개를 소년의 옆에 놓으며 궁금한 마음으로 묻자

"으-응 아버지 입에 하드크림(hard cream) 한번 넣어 드려 볼려구 하는겨- 아버지 먼저 넣어 드리구 니들도 조금씩 줄테니께 조금 기다려- 형-하드크림은 뭔디…? 으-응- 아이스케키보다 우유가 많이 들어가서 비싼건디…하나에 5원짜리여"

소년은 대접안에다 하드크림을 내어 놓고 대추알 크기만큼을 떼어 수저에 얹어 나머지 수저 한개로 지긋히 으깨어 아버지 입으로 가져가는데 언제나 천정만을 향하여 있던 아버지의 고개가 사남매쪽으로 향하여 바라보고 있는 모습이 언른 입에 넣어 달라는 것 같았다. 소년은 한 손바닥을 아버지의 턱뺨에 갖다대고 고개를 바로 해주면서 "아버지두 잡숫고 싶었어유?"

하면서 하드크림 수저를 입술사이에 갖다 댄 다음 한수저로 조금씩 밀어 넣으며

"아버지 시원하지유?" 라고 물었으나 대답은 기대하지 않았다. 아버지가 병석에 자리한 이후로는 모든 응답이 정지상태라는 것을 진작에 알고 있기 때문이었다.

아버지 입안에 한수저를 다 밀어 넣어 드린 다음 이제는 완연히 평온을 되찾은 듯이 똘망 똘망한 까만 눈동자를 굴리며 아버지 옆에 나란히 앉아 아버지 입으로 밀려 들어가는

하드크림만을 바라보고 있던 동생들에게 "자-아-해봐" 애기 한번 먼저 주고 라며 갓난 여동생의 턱밑으로 한손을 받치고 땅콩만큼을 떼서 먹여주고는

"자- 다음은 장군이 아- 하고 자- 다음은 장장이 아- 하고" 그렇게 세 동생에게 하드크림 맛을 보게 하고는 "니들은 케키먹었으니께 남은건 아버지 넣어 드릴껴- 알았지?" 하고 동생들을 보자 케키맛하고는 다른 맛에 미련이 남는지, "알았어 형!" 이라는 시원한 대답없이 고개만 살짝 살짝 끄덕이는 것이다.

그래도 소년은 어쩔수 없다는 듯이 대접에서 이제는 조금 녹은 하드크림을 수저로 퍼서 아버지 입술로 갖다 대는데 아버지 눈가로 굵은 눈물자국이 있는 것을 보고는 흠칫 놀라워하며 얼른 수저를 들었던 하드크림 수저를 대접에다 다시 놓고서 옆에 있는 삼베 수건으로 아버지 눈가를 닦으며

"아버지-너무 차거웠어유?"

물론 대답을 바라는 물음은 아니었지만 눈 가장자리를 닦으며 쓸려 덮여진 아버지에 눈가풀은 다시 열려야 했지만 그 아버지에 눈까풀은 열으면 열렸고 쓸어 덮으면 덮였다.

"혀-엉 하드크림 다 녹았는데 애기하고 내가 먹을까?"

여섯살 동생이 소년에 심각성을 깨닫지 못한채 형에게 묻는 말이었다. 아!! 아- 그것은 아버지에 마지막 고통이 끝나고 죽음을 맞이하며 어린새끼들을 힘없이 두 눈동자 안에 가

득채워 넣고서 넘쳐흘린 아버지에 차거운 마지막 눈물자국
이었다.

어느 때인가 가끔씩 된밥 한 사발이라도 먹여 보려는 생각
으로 초상집에 갈적에 데리고 가는 엄마나 아버지를 따라 몇
번을 가 본적이 있는 소년이 아버지에 죽엄을 알기에는 긴
시간이 걸리지 않았다. 그냥 두 눈에서 흘러내리는 눈물을
두 손등으로 훔쳐내며

"아버지… 아버지…"라고 할 때

"혀-엉! 왜 울어?" 아버지가 많이 아퍼? 아직 아버지에 죽
음을 느끼지 못하는 2학년 동생이 흐르는 눈물을 주체하지
못하는 형을 바라보고 물어 보는 옆에는 다 녹아서 허연 죽
이 되어버린 하드크림을 형에 눈치를 보아가며 맛깔스럽게
도 제 입에 먼저 퍼넣고 갓난이에게도 다정하게 퍼넣어 주는
배려깊은 여섯살 동생이 있었다.

"장장아 아버지가 돌아가셨어, 아버지 잘봐 이제는 못볼거
니께… 혀-엉 아버지 죽은겨? 그려 진짜루 돌아가신겨-진짜
루"

토담집의 서쪽 저 멀리로 보이는 산봉우리에 태양은 이 아
버지에 50년 깃넘은 생을 모두 거두어들인 처절한 모양으로
붉은 노을 빛과 함께 그 산 아래로 그 산 아래로 떨어지며 어
둠을 밀어 올려 세상을 어둠에 휩쌓이게 했다. 참으로 지질이
도 복도없이 28년을 같이 살아온 남편의 죽음 앞에서 토담집

상가(Mourning)의 진두지휘권을 갖고 있는 엄마에 어쩔껴… 장이가 다녀와야지라고 하는 명령은 12살 소년에 두다리의 근력(Muscular)을 요구하면서 아버지에 사망 알림돌이로 선정되어 새벽에 집을 떠나 30리(12km)밖의 6촌집에 다시 그집에서 10리(4km)밖의 고모집에 들려서 알리고, 다시 집으로 돌아왔을 때는 다시 어둠이 깔리기 시작하였고 아버지 대하는 것을 철천지 웬수 보듯이 하였던 외할머니에 모습도 보였다.

"자-심심풀이 껌이나 땅콩있어요-피로회복제 박카스, 구론산도 있어요"

소년에 집 면내에서 대전을 오가는 시내버스 종점과 대전, 청주를 오가는 시외버스 간이 정류장이 있는 곳에서 버스가 정차하여 승객들이 내리고 타는 짧은 시간에 대 여섯종류의 여러가지 물건이 들려져 있는 프라스틱줄로 만들어진 시장바구니를 팔뚝에 걸치고 재빠르게 버스 안으로 들어가 좁은 통로를 한두번씩 오가며 작은 목소리로 외치는 소년에 목소리였다.

삼복더위 속에서 아버지와의 영원한 이별을 고하고 얼마 지나지 않아 녹아가는 아이스케키와도 같이 아침 저녁 바람이 차가워지면서 노출된 피부에 닭살을 만들어 내고 아이스케키의 인기도 포물섬을 그리며 급강하 하자 소년은 새로운 일로 껌팔이를 택하고 어느날,

"엄마 나 껌팔이 할껴"

오늘도 마찬가지로 저녁이 어둑해져서야 집으로 돌아와 푸른 파충류가 휘감은 듯한(하지정맥) 종아리를 대강 닦고 희미한 등잔불빛 아래서 저녁 죽대접을 비우고 있는 엄마에게 얘기하였다. "어디서 껌장사를 한다는겨?

무슨얘기를 어떻게 듣고… 저기 날멩이(신작로의 작은 고개정상)에 사는 베트콩(한살많은 친구에 별명)이 작년부터 버스에서 하고 있는디 같이 해도 된댜- 겨울에도 할 수 있구-

껌 한통을 7원에 떼다가 10원에 파는건디 하루 10통을 팔을 수 있다니께 일주일 하고 시장바구니 장만해서 다른거 하고 같이 팔으면 하루에 5-60원은 남을 수 있다"

라고 하며 시장바구니를 살 계획까지 얘기하는 아들을 바라보고 한 손으로 들고 먹든 죽대접을 내려 놓으며, "그런걸 니가 어떻게 한다는겨? 거기 얘기들어 보면 큰형들도 하는거 같으던디…?"

엄마도 이 면내에 둥지를 틀은지 15년이 넘어간다 이렇게 저렇게 귀동냥으로만 들어도 면내 소식은 훤할뿐 아니라 더구나 그 정류장 매표소집 큰며느리는 큰딸네미 친구였다.

"괜찮어- 그 형들은 케키장사 할때 다 알구있어.

그래두 그 장사는 안되는겨- 그라다가 형들하구 어울려서 담배 배우고 술 배우다 보면 나쁜길로 가는겨- 그러니께 동생들 봐가며 집에서 더 있어봐, 그리구 니가 거기서 그 장사 한다는거 할머니가 알으면 또한번 난리 날거구…

싫어- 그래두 할껴! 나쁜짓은 내가 안하믄 되잖어"

얼마전과 똑같이 지금에 이 단칸방에서 싫어- 안갈껴! 선생님도 싫어! 라고 휜등잔 불꽃을 까만 눈동자에 담고 단호하게 얘기하든 그 모습대로 오늘도 똑같은 모습으로 얘기하는 소년에게,

"내년에는 밀린 기성회비하고 책값 해갖고 엄마하고 같이 학교에 갈꺼니께(갈테니까) 딴 생각하지 말고 어여-자-(어서자…)"라는 말이 목젖까지 올라와 있지만 결국은 뱉어내지 못하고 "어-여-불꺼 엄마는 새벽에 대전 첫버스 타야 되니께"하고 다먹은 죽대접을 윗목으로 밀어 붙이며 자리에 누웠으나 죽은 그사람에 몫이라도 하려는 듯 일을 하려고 대드는 저-어린새끼를 어떻게 해야 되는지… 학교는 다시 보내야 되는디?! 그러나 무슨생각하나 떠오르는 것 없이 컴컴한 천장만 바라보자니 양눈가에서 솟아나는 눈물이 흘러 내리며 귀밑머리를 적시고 베겟잎만 적실뿐인데

"장이야- 잠들었어?" 라고 하는 잠자리 맨끝에서 딸네미의 아주작은 목소리가 들리더니 소년의 대답이 이어지며 남매의 소근거림이 들리기 시작했다.

"너는 엄마한테 말 대답도 한번 안하면서 어떻게 그런말을 잘 하는겨? 케키장사두하구- 너-책값 만들어서 학교 갈려구 하는겨? 책값하구 기성회비는 엄마가 어떻게 만들어서 내년에 준다구 하든디-, 아녀!

그럼 왜 장사 할려구 그러는겨? 그냥 하는거 아버지도 없는데 학교를 어떻게 다녀- 책값 해주어도 내년에도 학교 안 갈껴? 너, 그 장사하다가 나쁜형한테 걸리면 어떻할려구? 괜찮어 베트콩(친구별명)이 얘기해서 베트콩 아버지가 다 얘기해 준다고 했어. 언제부터 하려구? 내일부터 할껴- 껌값은 어떻하구? 나한테 50원 있어 10통에 70원인디 20원은 다 팔구서 갖고 오라구 했으니께 괜찮어."

누가 엿듣는 것을 눈치라도 챈듯이 작은 목소리로 소근대는 그 소리를 듣는 엄마 귀에는 저 아래 충남·북을 이어놓은 금강다리옆에 걸쳐져 있는 철교위로 열차가 지나가는 소리만큼이나 크게 들렸지만 벌떡 일어나 허리를 곧추세우고,

"그만들하고 어여자! 엄마가 알아서 할테니께 장이는 학교 갈 생각이나 하고!"

라는 자신있는 호통을 칠만한 또다시 어떤 구실도 찾지 못한 채 귀밑머리로 흐르는 눈물과 같이 가슴속으로 흐느끼면서 밀려드는 잠을 거부할 수 없었다.

3.

엄마!?

상급 여학교는 아니지만 그래도 그 시절에 국민학교(초등학
교) 6학년을 마치고 작은 동리에서나마 소작인을 부리는 부
자집 무남 독녀의 외동딸이라는 것을 앞세우고 21살 때 외할
머니가 고르고 고른 서울에서 신문사 사환(일반수습)을 한다는
이목구비가 또렷한데다 그 모습에 맞추기라도 한듯이 신식
양복으로 단장을 한 세살이 많은 1남 4녀의 아버지를 만난이
후 엄마는 그 군내에서 아니 더 넓게 바라보아도 무리가 없
을 정도로 시집을 잘간 아씨였고 아버지는 그 처가집 지역에
서 제일 신식이고 똑똑하신 사위였다. 엄마는 남들은 가보기
힘든 서울을 주 단위로 오고 가며 서울 경성신문사에서 직장
생활을 하는 남편을 뒷바라지 하면서 푸른 초원의 온갖 신혼
에 꿈을 꾸며 피붙이 하나 없이 외동딸로 자라온 자신에 처
지와는 다르게 애기는 생기는데로 모두 낳아서 새로운 문물

이 밀려들어 오는 서울에서 자식들이 훌륭하게 살아갈 수 있도록 신 학문을 모두 가르쳐주리라 마음 다짐을 할때 큰딸이 태어나고, 그 이듬해에 남편의 출판사사업 시작으로 서울생활의 둥지를 틀었으나 전 후(Postwar Period) 시절의 이리치이고 저리치이는 매끄럽지 못한 사회 첫 구조에서 간행물 및 책들의 유통이 먹혀들지 않았는지 5년여 만에 소작인들에게 맡기고 있든 시골 전답들의 땅문서가 모두 다른 이들에게 넘어가고 친정집의 일부 땅문서도 넘어 가버리면서 엄마의 신혼엘리제의 아름다운 꿈들도 저하늘에 짙게 드리운 검은 구름속으로 사라지며 다시 시골로 돌아와 남편의 5촌형네 집에서 얹혀 살게되자 남편은 다시 한번 재기해보려 사업자금을 마련해야 겠다며 일본(Japan) 노동시장으로 나간지 2년만에 왼쪽다리 종아리가 아프다며 집으로 돌아온 남편을 데리고 병원을 찾은 엄마는 다리뼈 골사이가 무릎까지 썩어 들어가 무릎 위에서 다리를 잘라내야 한다는 청천벽력 같은 소리를 들으며 이-질곡의 가난에 늪으로 빠져들기 시작했다.

화무는 십일홍이요 라는 말이 엄마에게 걸맞게 이제 삼십 중반을 바라보는 나이에 한쪽 다리가 잘린 불구(장애인)의 남편에 아내가 되어 버린 엄마는 그래도 딸하나 있는 것을 남에집에 얹혀살게 할 수는 없다며 지금 살고 있는 면내의 시장골목에 가게가 하나 달린 집을 친정집에서 장만(prepare)해주자 세상살이에 어두운 엄마는 시작하기 쉬운 주객(host and guest)을 열으면서 십여년 전의 곱디 고운 아씨에서 주모로의 생활이 시작되었지만 남편곁을 모두 떠나버린 부(riches)를 다시 찾을 기력을 상실한 남편은 담배만 조금씩 피우며 안마시던 술을 입에대기 시작하더니 폭음하기가 일쑤였고 급기야 화투방에 드나들기 시작하며 엄마가 하고 있는 주객안에서도 엄마가 남자 손님과 얘기하는 모습을 보는 날이면 목발을 휘두르며 식탁을 뒤집어 버리고 언성을 높이는 날들이 잦아드는가 싶더니 3년을 못넘기고 생명줄 같은 집문서가 화투방에서 날아가 버렸다.

하늘아래 피붙이라고는 그 딸 하나 뿐인 친정집에서도 몇년동안 대여섯번(5~6년)에 걸쳐 지원포를 쏘아대다보니 열두곳간 시골집도 날아가버리고 친정아버지는 결국 속만 끓이다가 세상을 등지고 말았다.

사위 사랑은 장모요? 처음에는 저-안쓰러운 모습으로 변해버린 똑똑한 사위를 제정신을 차리게 하려 이번 한번만? 이번 한번만- 하면서 을러도 보고 달래도 보았지만 그때 그자리에서 얘기할 때 뿐 서너달을(2~3개월) 넘기지 못하고 추한 사람으로 변하는 모습에 장모님에 사랑은 한걸음 두걸음 뒷걸음 쳐지면서 그 장모님 역시 딸이 살고 있는 면내에 초가집 하나를 전세하여 5일장으로 찾아오는 소장수와(옛날에는 시장에서 소와 목화를 사고 팔았음) 목화(Cotton plant)장수들에게 숙식을 제공하는 밥과 술장사로 변하여 자신에 살을 떼 내어 주지 않는 한 비록 사위는 웬수가 되었지만 저 딸에게 무엇을 더 내어 줄 것이 없었다. 참으로 세상은 요지경? 부부에 사랑도 요지경인지라 마치 대한민국의 대 경제학자 Mr 박이 국민들에게 권하는 가족계획의 하나로 아들 딸 구별말고 둘만 낳아 잘 기르자 라는 말씀에 엄마 아버지는 시비라도 거는 듯이 모진 인생을 살아가야할 새 생명들을 세상에 탄생시키던 중, 어느 해에 지금에 2학년 동생이 엄마의 뱃속에서 만삭으로 있을 적에 역시 광주리 장사로 늦게야 집으로 돌아온 엄마 앞에서 무슨 큰 죄를 짓고 고해성사를 하듯이 한참을 흐느끼던 남편은 이틀동안을 집안에서 꿈쩍을 하지 않고 있다가 가을추수가 끝날무렵 한창인 계절에 국민학교 3학년 딸네미를 대동하고 집밖으로 나서기 시작하면서 늦가을의 신작로 위에 떨어져 뒹구는 미류나무 잎들의 가벼운 낙엽과도 같이 아주 작은 수입을 엄마앞에 내어 놓을때 20여년전의 도란거림이 재생되어지는 듯 남편의 친척들이 어렵게 지어준 토담집의 어두운 장막들이 서서히 걷히면서 물질의 풍요로움이 없는 빈곤 속에서의 평화가 찾아 들었다.

이생명 다하는 그날까지 구호양식으로 주는 밀가루 배급은 안타먹겠다고 고성을 지르며 악을쓰던 남편이었으나 언제부터인가 배급딱지를 들고 면사무소로 향하는 엄마를 막지 않았다 엄마는 쌀과 보리를 최대한 조금 사용하고 사람이 먹어서 해가 되지 않는 야채를 모두 사용하여 한번에 끼니를 넘길수 있게 음식을 만드는 방법을 배웠고 배급받은 밀가루로 반죽을 하여 무엇을 어떻게 만들어 먹으면 몇일 거리의 양식이 된다는 것을 계산하였다. 비단치마저고리에서 무명치마저고리로 무명(cotton) 치마저고리에서 지금은 세수한 얼굴에 송글송글한 물방울을 삼베(hemp) 수건으로 닦아내며 입고 있는 몸빼(허드렛 일용바지) 바지에 고무줄을 애들이 배안에 있을 적에는 늘이고 그 애가 밖으로 나오면 줄여 입는 것이다.

여자에-生은 과연 뒤웅박 팔자일까? 그 옛날 아씨시절에 바느질 잘 한다고 이 사람 저 사람한테서 칭찬을 들은것이 지금에 이시절을 예견한 것인지는 모를일이지만 이웃집에서 애들 입히라고 약간 헤진옷을 갖다주면은 엄마에 바느질 솜씨가 유감없이 발휘되면서… 푸른하늘 은하수 하얀 쪽배에, 계수나무 한나무-토끼 한마리 돗대도 아니달고 삿대도 없이 가기도 잘도 간다 서쪽나라로-, 엄마 아버지도 경험하지 못한 가난의 굴레속에서 살아가는 내새끼들에게 무엇을 어떻게 어쩌지 못하는 자조적인 한스러움이 흠뻑베인 엄마에 가늘은 노래소리가 흘러나오는 것이다.

이쯤이면 독자들께서도 가난에 환경은 조금이라도 이해하셨으리라 생각하고, 아직 가난에 절정인 아버지에 벌이가 남았지만… 더이상 가난타령 하다보면 독자들께서 에이- 뭐야! 하고 책을 머리위로 던질 것이라는 것을 확신하는 바- 소년에 4course로 이어가기 전에 이글을 지은이에 국민학교(초등학교)

시절 5학년까지 같은 반을 하면서 아침 지각은 자주 하지만 항상 5등 안에서 있는 전 아무개라는 친구가 있었는데 5학년 아침 어느날 담임 선생님이 우리반에서 모금을 하여 전 아무개 친구를 도와주자고 제안을 하면서 내일 학교 올적에 각자 형편데로 모금 돈을 갖고 올 것을 당부하고 나가자 반 친구들에 시선은 전 친구에게 쏠렸고 친구는 그 시선을 감당하기가 버거웠는지 책보를 챙겨들고 교실 밖으로 나간 이후 다음날도 그 다음날도 일주일 후에도 보이질 않았는데 사연인 즉 엄마 없이 병석에 누워계시는 아버지를 동생과 함께 조석으로 빈 깡통을 들고 밥을 얻어다가 이년여째를 봉양하고 있었는데 5학년에 올라와 반 친구가 그런 모습을 목격하고 선생님에게 말씀드려 선생님의 over sense 자비 mercy를 유발시켜 고의 아니게 친구를 떠나게 했던 것이다.(그 친구는 5등안에 있는 것이 자존심) 진심으로 전 친구에게 행복을 빌겠다.

오늘은 5일에 한 번씩 열리는 장날이다. 그것도 설날전의 마지막 대목장날인 것이다. 엄마는 동이트기 전에 잠에서 깨어 일어나 갓난이를 업고 친정 엄마집에 손님 수발을 도와주려 아직은 단잠을 자고 있는 5남매를 둘러보고 나가려 다가 문득 소년에게 눈길이 한번더 가는데 오른손가락에 하얀 붕대가 감아져 있는 것이다. 엄마는 어쩌다가 손가락을 다쳤을까? 생각하며 살며시 소년에 곁으로 닥아와 귀에대고 "장이야- 장이야"

소근 거리듯이 살짝 살짝 어깨를 두드리며 잠을 깨우자 "으-응 엄마- 엄마 가려구 그려- 엄마는 할머니집에 갈건디… 손가락은 왜 다친겨? 으-응 엄마 미싱질 하면서 졸다가 손가락을 박았어"

새털 같은 눈까풀을 왼손으로 비벼 눈을 뜨면서 엄마를 보고 얘기하자 미싱(sewing)으로 손가락을 박았다는 소리에 섬뜩하여 "어이고! 어떻하다 손가락을 박았어! 얼마나 아팠을까…?" 라며 소년에 손목을 두손으로 살포시 감싸쥐고 가슴아린 목소리로 얘기하자 "미싱이 박힐때 손을 확! 빼 갖고 부러진 바늘이 손가락 안에 있어- 아이구 장이야… 그러문 집에 왔으면 엄마를 깨워야지! 얼마나 아팠을 건디- 그냥 이렇하고 쟌겨? 12시 넘었는디 엄마깨면 다 깰까 봐 그냥 잤어-

얼마나 아팠을 껴?! 몇시에 그랬는디? 병원은 가본겨? 응- 주인아저씨 하고 박의원에 갔는디 11시가 넘어서 바늘은 못 빼고 약바르고 약먹고 안아픈 주사라고 주사놔줬어- 그러구 오늘 아침에 일찍 오랬어…장이야 그래도 엄마를 깨웠어야지- 엄마는 그냥 잠만 잣잖어."

엄마는 아리던 목소리가 젖어들면서 두손으로 소년에 두볼을 감싸고 엄마에 볼을 갖다 대면서 "지금은 참을만 한겨?" 라고 속삭여주는데 소년의 바로 옆자리에서 잠자리를 하고 있던 딸네미가 부-시시-인기척을 내며 "엄마-왜 그래유? 장이가 다쳤데유? 그려- 미싱질(sewing work) 하다가 엄지손가락을 다쳤댜! 그러니께 조금더 누워 있다가 애들 아침해서 먹이고 일나가면서 애들 데리고 할머니 집으로 와 내가 먼저 애기 데리고 가 있을 테니께 바깥이 추운거 같으니께 장이 손 좀 목도리나 뭘로 잘 쌓아주구"

엄마는 소년에 볼에 데고 있든 얼굴을 떼면서 눈가로 핑돌은 눈물을 옷자락으로 찍어대며 딸네미 한테 얘기하고 다시 소년에게

"장이야- 아침먹구 누나하구 같이 할머니 집으로 와 엄마하구 같이 병원에 갈꺼니께- 으-응-알았어, 그랴- 조금 더 누워있어 엄마는 먼저 나갈테니께- 알았어유- 엄마 먼저 나가유"

라는 딸네미의 반 인사소리를 뒤로하고 엄마가 막내를 등에 업고 방을 나서자 동지 섯달의 냉기가 횡횡 도는 방에서 두툼한 이불을 코밑까지 끌어올려 덮은 오누이의 두마디 도란거림이 있었다.

"많이 아프지? 참을 만 한겨? 으-응 조금 있으면 병원 갈거잖어."

소년이 대여섯 종류의 심심풀이 먹을 것을 담은 시장바구니를 팔뚝에 길치고 정차하는 버스에 오르내리기 시작한지 한달이 되기 전에 어느날 저녁 식구들의 잠자리를 깔아놓고 등잔불빛 아래서 엄마가 헤진 양말에 바늘을 마-악 꽂으려 하는데 "에미는 들어왔냐?"라는 외할머니의 목소리가 들리더

니 토담집의 방문을 열면서 할머니가 방으로 들어서자

"어-엄마! 다 늦은 저녁에 어쩐일이래유? 이쪽으로 앉으세유"

엄마가 놀라워하며 아랫목에 펴져있는 이불을 들으며 얘기하자 "그려-저녁 들은 먹은겨?

예- 이제 마-악 설겆이 끝내구 앉은건디- 근디 저녁은 하시구 건너 오신거유? 감자수제비하구 고구마 찐것좀 있는디 내올까유? 아녀-저녁은 숭개비(그집 아들 이름) 댁이 넘어왔길래 장이 얘기 하면서 한술 떴어-숭개비 댁이 왔었어유? 그려"

엄마는 할머니가 자리를 잡고 앉자 옆으로 밀었던 반짓그릇(바느질 바구니)에서 골미를 꺼내 손가락에 끼우고 바늘을 꽂으며

"근디-숭개비댁하고 무슨 장이 얘기를 해유?"

하고 궁금해하며 묻자, "저번에 너하구 장이 얘기를 하구서 몇군데 있을 만한 곳을 알아봤는디 있을 만한 곳이 마땅하지가 않은겨- 그러다가 엊그제 숭개비댁하구 이런저런 얘기 하다가 그집 둘째 아들이 양복쟁이 기술잔디 시장안에 있는 양복점에 있다구 하길래 장이 얘기를 했더니 한번 물어본다고 하더니만 오늘 일부러 나한테 와서 한 이틀 지나서 데리구 다닌다고 하더랴…

니생각은 어떤겨?

내가 무슨 생각이 있겠어-유 장이가 다닌다면 내보내야지-

그려-목공소나 철공소 같은데 보다는 들 험하구- 장이는 차분해서 양복일 같은거 잘 할거 같어- 그리구 벌이도 괜찮은 거 같구 숭개비댁 아들도 여름한철 두어달만 빼고는 한달에 쌀 대-여섯(5~6말)말은 벌어들인댜."

할머니가 이 얘기를 해주러 오기 사-나흘 전이었다. 누구에 입을 통해서 들으셨는지 엄마가 집에 들어오기 전에 토담집을 찾아와서 작은 체구에 버거워 보이는 시장바구니를 팔뚝에 걸치고 마당으로 들어서는 소년에게 버스정류소에서 장사한다는 대답을 듣고 엄마가 들어 오기를 기다리다가 엄마가 들어오자 머리위에 얹어있는 광주리를 도와서 내려놓으며

"오늘은 어디로 같다 온겨? 예-저쪽 옹매골(십리쯤 떨어져 있는 작은 마을)에서 마른 반찬거리 좀 갖고 들어와 보라구 해서 거기 댕겨 왔어유-

그려? 그래-갖고 간건 다 치운겨? 가보니께 생일집도 있구 해서 다 치웠는디 저녁땐디 어쩐일루…"

하며 할머니를 보자 할머니는 엄마에 손을 잡고 방문을 열으며

"다-치웠으니께 다행여- 방으로 좀 들어와 봐"

하면서 먼저 방으로 들어가 앉고 나서 뒤따라 들어온 엄마가 윗목편으로 앉으며 "엄마-무슨일 있어유?" 하고 묻는 말이 끝나기도 전에 "순영아-(엄마이름은 김순영이였다) 너는 애를 어떻

게 만들을려구 생각하는겨!? 어린것두 어린거지만 그짓 하다가 못된 짓이나 하는거 보구 배우면 어떻게 되는지 몰라서 그러는겨? 잘못하면 쓰리꾼(남에 주머니것 훔치는짓) 되는겨- 쓰리꾼."

　머리에 광주리를 이고 들어오는 엄마를 보고 잠시 누그러져 있던 감정이 다시 살아나는 듯 노여움을 띤 표정으로 얘기하는 할머니가 장이 때문이라는 것을 엄마는 금방 알아차릴 수 있었다. "알어유-엄마-지가 애 봐가면서 한다구 하길래… 안다는 사람이 그것두 엄마가 되어 갖고 그짓을 시키는겨!?. 엄마가 되어 갖고 그짓을 시키는겨!" 라는 말에 엄마는 가슴에 비수가 꽂히듯이 가슴깊은 곳에서 뭉클한 무엇이 솟구쳐 오르면서 "엄마- 내가 어떻게…" 하고 변명아니 변명을 하려는데 등잔불빛 아래로 엄마곁에 앉아 있든 딸네미가 "할머니-엄마가 시킨게 아니구 장이가 한다구 고집을 피우니까 엄마가 아무말 안은거여유"라며 끼어들자 옆에서 듣고 있던 소년 역시 "그러유-할머니 내가 동생봐가면서 장사해도 되니께 한다구 했어유- 버스 없는 시간에 집에 왔다 갔다 하니께 괜찮어유" 소년이 걱정하지 말라는 듯이 천연덕스럽게 얘기하는 것을. "니들은 가만히 있어 할머니 말씀하시는데 왜-나서는겨?" 라며 궁지에 몰린 엄마편에서 얘기하는 남매를 나무라는 엄마를 바라보고 있는 할머니는 개의치 않고 엄마를 향해 핀잔이 이어졌다. "어린 마음에 어린 생각으로 지들도 보는 것이 있으니께 무슨 말은 못하것어? 아무리 목구멍에 거미줄을 칠망정 니가 정신이 똑바로 백힌 에미라면 저 어린 게 그짓을 한다는데 어떻게 내버려 둘 수가 있었어? 주워다 기르는 자식두 아니구-순영아-니가 에미라면 생각을 해 봐야지-이것들이 지애비가 그렇게만 안되었으면 지금 이렇게 사는 것을 꿈이나 꿔 봤겠어-이것아! 어떻게 이걸들구 버스칸에서 장사를 한다는디 내버려 두냐구?" 할머니는 엄마가 한숨스럽다는 듯이 얘기하며 손을 뻗어 옆에 있는 소년에 시장바구니를 당겨 엄마 앞에다 놓고 엄마에 무슨 변명에 말이라도 기대하는 듯 엄마를 보았으나 어느 사이엔가 두손을 두 무릎위에 힘없이 얹어져 고개를 숙인채 듣고만 있든 엄마에 입술은 쉽게 떨어지지 않았다. 할머니가 격앙된 감정을 감추지 못하고 엄마의 가슴에 비수를 꽂 듯이 얘기하는 것은 당신에 답답하고 애타는 심정도 들어 있다는 것을 엄마는 잘 알으나 일년중 장마철에 저 맑은 금강물 줄기가 불어나 황토색으로 변하여 면내를 휘감을 듯 한 기세로 빠르게 흘러가는 강물과 같이 엄마에 뭉쳐진 설움도 불어나 등잔불빛 밑으로 흘러나왔다.

"엄마- 나두 알어- 내새낀디… 근디-내가 뭘 어떻게 할수 있어? 엄마는 나하나만 키웠잖어-이새끼들을 데리구 어떻게 뭘하며 살아가야 할지 나두 모르겠어- 이것들을 놓구서 죽을 수두 없구"

숙이고만 있든 고개를 들며 얘기하는 엄마에 얼굴은 흐느낌만 없을 뿐 두눈에서 작은 옹달샘 같이 솟아나는 눈물은 양볼을 타고 흘러내려 엄마에 무릎에 얹어 있는 두팔의 소매자락을 적시는 것도 모르는체 갓난 여동생을 보고 홍얼거리다가 어느사이 잠이 들었는지 쎄근이 잠들어 있는 남매를 보면서.

"저것들이라도 누구한테 주었으면 좋겠어- 배나 안곯…게"

아직도 구만리 같이 남은 생을 포기하려고 물속으로 몸을 던진 젊은 아낙을 건져내어 놓은 양 지칠대로 지친 모습으로 얘기하는 엄마를 보는 할머니는 자신도 모르게 격앙되어 쏟아낸 말을 금방 후회하며 "으이그-이것아 나두 하-답답해서 한말을 갖고 울기는… 이것아-내새끼를 주긴 누굴줘? 죽기는 어떻게 죽구"하며 할머니에 치마자락을 걷어 올려 엄마의 볼에 눈물을 찍어내려 하는데

"모르겠어-엄마 모르겠어-저걸 학교에 보내야 되는데…애는 누가보고…아- 모르겠어,"

할머니의 무릎에 얼굴을 파묻고 누구야 듣든 말든 복받치는 설움을 토해내는 엄마를 보고 인생살이의 설움을 나누는 모녀간의 얘기를 알길없는 남매는 두 눈에 눈물이 그렁 그렁하여 동생하고 저에게 엄마가 장사를 시켜서 잘못했다고 울면서 엎드려 비는 것 같이 보였는지 "할머니-엄마가 장사시킨거 아녀유-지가 동생봐가면서 한다구 시작한거예유" 딸네

미가 얘기하고 "맞어 할머니 내가 그냥 한거여 엄마가 시킨 거 아녀-진짜여 할머니" 처음때 같이 얘기하면서 닭똥같은 눈물을 뚝뚝 떨어트리며 할머니를 보자 할머니는 엄마의 등에 업고 있든 손을 들어 남매를 쓸어 안으며 "알았어-알았어-알았으니께 눈물들 닦어-어이구-니들이 복이없는 건지 니에미가 복이 없는건지-에이그 이-불쌍한 것들아"

그렇게 토담집에 설움이 또 한번 어둠속으로 흘러 들어 간 뒤에 친구들은 9년~16년의 정규 교육과정을 택하지만 소년은 시장안의 양복점에 꼬맹이로 발령을 받고(훗날 양복기술은 사업의 알토란 같은 초석이 된다) 4년반의 짧은 정규교육 과정에서 점을 찍으며 자의 반 타의 반으로 무한대의 교육과정이 펼쳐져 있는 사회실전교육과정에 입문하게 된 것이다. 이-자유스러운? 사회실전(Actual fight) 교육과정에 들어 온 소년은 손가락에 입문 축하 가락지라도 끼우듯이 유비아(바늘 뒤를 밀어주는 가락지) 착용하는 방법을 시작으로 바느질, 가위질, 미싱질, 양복감 재단을 할때 사용하는 눈금자며 양복 한벌을 만들기 위해 필요한 부속품(Material) 등을 하나 하나 익혀가는 과정에서 글을 깨우치고 버릇이 되어버린 메모하는 습관이 그대로 이어져 도우라는 양복상의 안감으로 쓰는 것, 시사우라는 바지안감으로 쓰는 것, 하찌방은 단추 달을 때 쓰는 실이라고 적은 것 외에도 한가지 용어에 대한 뜻 또는 두 세가지 뜻을 가진 한가지 용어를 적은 종이 쪽지가 언제나 한장씩은 바지주머니에 아니면 상의주머니에 간직하였다가 집으로 점심, 저녁을 먹으러 오고 갈 적에 꺼내어 보며 외우는 식으로 하다보니 여러 사람들의 눈길이 마주치는 집으로 가는 큰길 보다는 조금은 돌아서 가더라도 한적한 뒷길을 택하여 다니는 것이다. 소년의 정해진 직장? 생활로 인하여 토담집에 먹을 것 입을 것이 개선되어진 것들은 없었으나, 할머니의 엄마의 엄마에 역할을 끝까지 해보려는 고군분투(Fight alone)로 엄마는 과일도매상을 소개 받으며 때로는 과일 장사를 하고 5일장이 열릴 때에는 할머니 집에서 만들어진 순대국밥이며 국수등을 시장에서 팔을수 있도록 장소를 마련하여 주면서 엄마에 생활이 면내에서 이어지자 때로는 뗑깡(억어지)으로, 때로는 엄마도 제대로 보지 못했든 귀여운 웃음으로 빛과 그림자 같이 그곁을 따르며 행복해하는 어린 남매 동생들의 변화가 있었고 소년이 양복점에 함석으로 만들어진 마네킹 진열장의 겉문을 말발굽 소리를 내면서 열어 젖히며 하루에 시작을 알림과 동시에 또 하나 열어지는 것이 있었는데 양복지 재단 Table 한쪽에 요지부동의 자리를 지키고 있는 라디오였다. 난생 처음으로 라디오를 접해보는 소년에게 그 라디오는 궁금덩어리였으나 너무 자주 질문을 하는 꼬맹이를 성가싫어(귀찮아)하는 눈치를 주면서도 방송국에서 전파를 내보내 라디오의 부속품에 진동을 주어 소리를 듣게 되는 것이라고 같이 일하는 기술자 형들이 얘기를 해주면 소년은 그렇구나-하고 고개를 끄덕였지만 형들에 친절한 설명은 그래도 궁금했다. 그러나 라디오가 하는 말들이 가짜가 아니라는 것을 알게된 소년은 날이면 날마다 듣는 방송프로 중에서 M방송국이 저녁 8시에 내보내는(신××) 사회고발 방송에 Fill이 꽂히면서 누이에 3~4개월씩 밀리는 월급에 심정을 투고하기로 결심하고 조금 일찍 일이 끝나는 날에 집으로 돌아와 누이가 쓰는 공책을 펴놓고 노동부장관님 안녕하세요… 라는 인사말로 시작하여 누이에 월급날이 약속을 지키지 않아 동생들에 기성회비가 밀리고 쌀값도 밀릴때가 있어 엄마가 쌀집에서 혼날 때도 있고, 전매청은 나라것 공장인데 왜? 월급날 안주나요? 노동부장관님 누이가 월급날 월급을 받게 해 주세요.라고 써놓고 소년은 잠깐 심각해지면서 높은 사람들이 이 편지를 보고서 누나한테 일을 그만 두라고 하면 어떻하지-보내지 말을까- 생각을 하며 망설여졌지만, 지난 몇일에 방송된 내용은 진실이 확인되어 모든 것이 잘해결 되었다는 연락을 방송국으로 주었습니다. 라는 확인 방송을 해준다는 것을 떠올리면서 내가 쓴것도 전부 진짠데- 누나한테 그만두라고 하면 다시 편지보내면 되지…나름대로 뒷날의 걱정까지 대처 방법을 세워놓고 보낸 편지는 소년의 입장에서 문구가 정리되어 5일 후에 방송으로 흘러나와 누이와 같이 일을 하는 150여 명의 월급을 안정시켜주고 누이에 월급은 토담집의 정해진 수입으로의 변화를 만들면서 돛대도, 삿대도 없이 흐르는 유성속에 파묻혀 아무런 목적지 없이 하염없이 흘러만 가는 엄마의 하얀쪽배는 연어가 알이 부화되었든 그 물줄기를 찾아 돌아오는 본능과도 같이 단추구멍을 매듭하라면 그냥했고 미싱질을 하라면 미싱질을 하고 대전에가서 양복옷감을 가져 오라면 그냥 가져오는 나날이 연속적이었지만 목적지 없이 흘러가는 하얀 쪽배를 따라 오는 것인지 세월도 같이 흘러가며 소년의 엄지손가락에 미싱바늘을 간직하든 그날밤 이후로 5년여의 해가 바뀌어 36가지의 모양으로 재단이 되어진 양복옷감으로 상의와 조끼, 바지의 양복기술자로 성장한 소년은 면내에서의 생활에 만족하지 않고 스스로 뛰쳐나가 우선은 면내 주변의 제일 큰 도시인 대전 중심가에서 명성을 날리고 있는 도성 양복점에 문을 열고 들어가 면내에서와는 달리 자신이 할수 있는 기술을 한단계 낮추어 바지 전문기술자로 취업되어 6개월여를 근무하고 일감이 많아지는 초가을부터 양복상의 기술자로 일하면서 1년을 지낸다음 자신에 기술이 다른 형들과 비하여 뒤질것이 없다고 생각한 소년은 서울 상경을 결심하고 퇴근하는 길에 면내 사거리 인도가에서 몇가지에 과일을 내어놓고 장사를 하는 엄마에게 들른 아들에 모습을 보고

"아니? 니가 어쩐일여- 지금 퇴근하는겨? 으-응 근디-저녁은 잡수셨어유? 아녀-이제 장장이나오면 걷어 갖고 집에가서 먹어야지-근디 오늘은 일찍 오는거 같으네? 자-배고플팅께

이거하나 먹어"

　엄마는 어느 사이에 좋은 사과 하나를 집어들어 껍질을 깎아 오랜만에 반가운 사람을 만난듯이 아들에게 권하자, "안 먹을껴-배 안고파유"하며 거부하자 "괜찮어 먹어-지금은 밤이라서 누군지 몰라보니께-괜찮어-어여 받어" 하고 소년의 손에 쥐어주자 마지못해 사과를 받아 베어먹는 아들을 보는 엄마는 진작에 부터 알고 있었다. 아들이 엄마에 곁을 피해다닌다는 것을 소년이 시장안의 양복점에 꼬맹이로 왔다 갔다 하면서 점심, 저녁을 먹으러 갈때나 양복점의 심부름으로 엄마곁을 지나칠 때에는 아무때라도 엄마에게 다가와 "엄마-집에 밥있어? 점심먹으로 가는디?" 하고 물으면 엄마가 "아녀-찐고구마를 솥에 놓고 올라다가 그냥 이리루(여기로) 갖고 왔는디 그넝 여기서 먹어-사과하나 깎을텡께" 하면 "알았어" 하며 엄마자리 옆에 앉아 같이 먹고 가기도 하고 시간이 꽤 걸리는 대전으로 심부름을 다녀오다가도 들려서 "엄마-배고파 죽겠네 과일 상한거 없어?" 하면서 과일상자 쪽을 두리번(살핀다) 거릴때 "어이구-배고파서 혼났겠네? 자-이거 조금 상한거니께 먹어두 괜찮어"라며 사과 한쪽이 밤알만큼 까맣게 멍이들은 곳을 파내고 껍질을 깎아주려고 엄마가 칼질을 하면은 "엄마-괜찮어-껍찔에 영양분이 더 많은거랴" 하면서 엄마 손에서 사과를 가져가 옆에 있는 헝겊에 쓱 쓱 닦아서 게눈 감추듯이 먹구서 "엄마-나갈껴"하고 총총히 사라지기도 하고 양복점에서 일찍이 일을 마치고 집으로 보내줄적에는 엄마에게 와서 옆에 앉아 동생들하고 도란거리고 있다가 과일상자를 걷어 할머니가 장만하여 준 손수레에 싣는 엄마를 도와 정리하고 남매 동생까지 실어진 손수레를 엄마와 같이 밀고 끌으며 토담집으로 향하는 것을 마다(싫어)하지 않았었는데 소년이 양복점 다니며 서너 해가 바뀌면서 어느 때 부터인가 가끔씩 안하든 반찬투정을 하기두 하고 엄마의 옷차림에 신경질을 내기도 하더니 눈에 띄게 엄마에 곁에 나서기를 꺼려하는 것을 눈치챈 엄마는 어느날 소년에게 "내일부터는 엄마한테 안와도 괜찮어- 장장이가 퇴근하면서 같이 걷어 같고 가면 되니께" 라고 얘기한 후로는 가끔씩은 들렸으나 대전으로 출퇴근을 시작한 후로 부터는 아침, 저녁으로 집에서만 얼굴을 볼뿐 엄마의 노점 과일가게에서는 얼굴을 볼일이 없었다.

"근디-애들은 안보이네?" 사과를 서너 입 베어먹으며 얘기하자 "으-응 누이가 퇴근하면서 먼저 데리구 들어갔지-조금 있으면 장장이 오겠네-엄마는 장장이하고 같이 챙겨서 들어갈테니께 어여 너 먼저 올라가."

엄마가 제지공장의 화물차 조수로 다니고 있는 소년의 바로 밑의 남동생을 얘기하며 먼저 집으로 가라고 하자 "아녀-같이 들어 갈려구 온건디-근디 엄마"

작은 소쿠리에 내어 놓은 과일을 상자 안으로 다시 들이는

엄마를 부르는 소리에

"응-왜그랴?

엄마-나 서울갈려구-

으-응? 갑자기 서울은… 누가 서울서 오랴-아니문 같이 가자고 하는 사람이 있는겨?

아녀-혼자가서 양복점 일자리 알아보구서 있으면 서울서 일 할라구-

같이 가는 사람 두 없구- 오라는 사람도 없는 서울을 혼자 어떻게 갈라구 하는겨? 일자리 없으면 어떻할라구…? 그냥 여기서 하지"

기쁨반 괴로움반에 서울생활의 응어리진 추억이 스며있고 조선팔도의 온갖 사람들이 복잡하게 어우러져 돌아가는 그 서울을 아들이 무작정 상경한다는 소리에 앞서는 걱정으로 얘기하는 엄마에게, "같이 일하는 아저씨하고 형들이 얘기하는 거 들어봤는디 추석전에 사람을 많이 쓴댜…? 월급도 제날짜에 잘 주고" 엄마의 걱정에 개의치 않는 듯이 얘기하는 아들에게, "일자리가 있으면 다행이지만… 객지생활은 니가 안해봤는디 해낼 수 있겄어? 서울에는 살붙이 하나 없는 디… 괜찮어 히믄 되는거지 뭐- 그리구 양복쟁이는 서울서 해봐야지 양복 모양이 제대로 나온댜- 그거야 그런디 니가 아직 어리고 니가 고생이니께 그렇지- 엄마 괜찮어 일하는 건 아저씨들이나 형들이 하는거 하고 똑같이 만들어 낼 수 있어, 양복은 똑같이 만들어 내는디 나는 돈도 들주구 그전에 같이 일하던 아저씨나 형들은 내가 아직도 꼬맹이 인줄 안다닝께…"

아직도 자신이 어데로 흘러가는지를 모를 것 같은 아들에 얘기를 듣는 엄마는 다른 자식과는 조금 다르게 한해 한해가 지나면서 이목구비가 확연히 닮아가며 성격까지도 같아 보이는 저세상의 남편을 생각하지 않을 수 없었다.

창조적인 사람으로 근무에 임하라며 출판사 직원들에게 강조하던 살아 생전의 남편은 그래도 논, 밭 뙈기가 있어 뒷힘이 있었지만 그냥 맨 몸뚱아리로 창조에 길로 들어서려하는 이아들에게 엄마가 가르쳐준 것… 교육시켜준 것이라고는 동생들 업고 포대기 메는거, 기저귀 갈아주고 끼니 챙겨 죽 먹이고 잠재우는 것 외에는 달리 가르쳐 준 것이 없는데 그 작은 가슴 어느 구석에서 그런 배짱이 나오는지 한번 작정(결심)하면 망설임 없이 실천에 옮기는 것도 그렇고 커 갈수록 변해가는 모습도 남편에 모습이었다.

이렇게 엄마에 속마음으로 생각을 하며 걱정을 하는 것은 전봇대 저 위에 매달려 졸음 불빛으로 두 모자를 비추고 있는 가로등 불빛이었고, 아들에 자신감은 작은 카바이트 (carbide) 통에서 가늘은 파이프를 타고 흘러나와 쉬-익! 쉬익 소리를 내며 작은 불꽃이지만 파란 색으로 씩씩하게 과일 가까이에서 비추어주고 있는 carbide 불꽃이었다.

4.

뽀옥-우르르- 포-옥-칙칙폭폭-칙칙-동이트는 새벽을 끌고라도 가는듯이 다음날 새벽 4시 50분 열차에 아들을 실은 서울행 완행열차가 새벽의 어둠을 깨우며 금강철교 위를 건너가는 소리였다.

소년은 역시 대전양복점을 그만 두면서 밀린 노임하고 이달에 일한돈을 받은거라며 700원(쌀 2가마 값)을 그날밤 엄마에게 건네주면서 "엄마- 내일 새벽 기차탈껴"하고서 가방을 쌌던 것이다. 신탄진에서 서울행 새벽 4시 50분 완행열차⋯ 그 옛날 엄마가 주 단위로 서울을 오가며 타고 다니든 그 열차에 그저 막연한⋯ 보이지 않는 꿈을 찾아 피붙이 하나없는 서울로 이제 꼬맹이 시절을 벗어나려는 17살 아들을 배웅한 엄마는 개찰구(표내고 나가는)에 서서 철교 위를 건너는 열차에 바퀴소리가 멎고 검은 터널속으로 열차가 사라지는 것을 바라보면서 모든 신학문을 겸비한 아버지이었어도 큰 실패

를 하고 떠나온 서울인데 저-어린것이-, 참을래야 참을 수 없이 솟아나는 눈물을 소매자락으로 찍어 내는데,

"엄마-그만 들어가유, 그려-그만 들어가자-장이는 너무 걱정안해도 될거여 잘해낼테니께-어여-들어가자"

초가을 새벽바람의 신탄진역 개찰구에서 고생에 길인줄을 훤히 알면서도 떠나가는 손자와 남동생에게 무엇하나 도움이 되는 아무런 안내도 하지 못한채 그저 건강하기만을 바라는 마음으로 사라져가는 열차를 보고만 있는 딸네미와 친정 엄마의 소리에 엄마는

"그래유-잘하겠지유- 첫날부터 일자리가 있을리는 없구… 한데서(바깥)는 자지말아야 될텐디…"

소년에 서울로의 무작정 상경은 동대문운동장의 담벼락에서 담쟁이 덩쿨을 등에대고 하루밤을 지새게 했고 다시 다음 날은 청량리역전 광장 한귀퉁이에서 쪼그려 하루밤을 지새게 했다.

토담집 소년은 긴장하지 않을 수 없었다. 혹시나 하여 비밀주머니에 꼼쳐(숨겨)두었던 120원도 이틀에 허기를 국수로 채우며 써버리고 이제 달랑 50원만 남아있을 뿐이다. 지금에 오십원도 소년에 치밀한 계획에 의하여 남아 있는 것인데 만약 이틀동안에 일자리를 구하지 못할 경우에는 춘천에서 생활하고 있는 큰누나 집으로 가서 우선은 머무르며 다시 무엇을 생각해보려 했든 춘천으로 가는 열차표 구입비용으로 남

겨 놓은 것이다. 훗날에 가서야 거리 이름을 알게된 종로 거리며 을지로-청계천을 무작정 양복점 간판만을 찾아 들러 본 곳이 30여 점포는 되었는데 소년의 생각대로 추석명절을 한 달보름여 정도 앞둔 때 라서 바지를 만들 수 있는 기술자가 되었든, 상의를 만드는 기술자가 되었든 이십여 군데의 양복점에서는 사람을 구하고 있었다. 그렇고 보면 소년에 서울상경은 무모한 무작정 상경은 아닌 듯 싶었으나 소년에 의식주 중에서 식, 주가 문제였다. 숙식을 제공하여 줄 수 있다는 양복점은 한 곳도 없었던 것이다. 서울 하늘아래 피붙이 하나 없다는 것은 서울에는 피붙이 커녕 아는 사람하나 없는데 괜찮겠어? 라며 걱정하는 엄마에 말로 이미 소년의 계산속에 있었는지라 오십원이 다 떨어지기 전에 방향전환을 하여 춘천의 큰 누나 집으로 향하였다.

아무런 연락없이 갑자기 찾아온 남동생을 보고 놀라워하며 친정집 안부를 묻고 저녁상을 차려 식사를 하며 소년의 얘기를 들은 큰 누나와 매형은 "그런 계획이었으면 처음부터 누나한테 오지 그랬어… 여기서 서울로 오가며 알아보면 되는데… 그래-이틀밤을 바깥에서 지낸거야? 감기는 안걸렸어?" 무슨 죄라도 지은 듯이 공연히 떳떳하지 못하게 서울에서의 이틀 생활을 얘기하는 동생에 어깨를 쓰다듬으며 얘기하는 누나의 두 눈에는 송글 송글 눈물이 맺어있었다. 지금껏 토담집 이부자리속에서 어깨를 부비며 같이 자라온 작은 누나도 예뻤지만 큰 누나는 늘씬한 키에 그 미모가 더욱더 빼어나게 예뻤다. 어느 때 인가 큰 누나가 소년에 손을 잡고 어떠한 볼일을 보러 갈 때면 저절로 자랑스럽게 어깨가 으쓱거려지고 누가 보아주길 바라면서 주위를 두리번 거리는 것이다. 그러나 언제라도 한번 큰 누나!라고 정답게 불러본 기억은 소년에겐 없었다. 그것은 연령차가 16년 차이가 나다보니 소년이 사람을 알아볼 때 즈음에는 큰 누나는 이미 어른이 되어 있었기… 에- 큰 누나는 옛날의 부(富)와 함께 생활(Happiness)했든 시절들의 할아버지, 할머니, 엄마, 아버지의 모습들을 하나도 빠짐없이 기억해 낼 수가 있었다.

더구나 지금의 친정과는 조금은 나았지만 결혼을 하여 아이를 낳고 살림을 하다보니 옛날의 생활이 얼마나 행복했던 시절이었는지를 투명하게 생각할 수 있었다. 아니-어느때에는 그시절에 날들이 꿈속에서 나타날때도 있었다. 그러한 누나였기에 오늘 갑자기 찾아온 동생을 생각하는 마음은 엄마와 다를 바 없었다.

"자-찌개하고 밥 좀 더 먹어… 그러구 여기 있으면서 일자리 알아보면 되니까 너무 걱정하지 말구…" 누나가 돼지고지 찌개를 소년에 앞으로 당겨주며 얘기하자, 아직까지도 큰 누나라는 소릴 하지를 못하고 "미안해유"라고만 하는 소년에게 큰 누나는

"장이야-뭐가 미안해 누나네 집인데… 걱정하지 말고 어서

먹어-집에는 아무런 연락 못했지?

걱정 많이하고 계실텐데… 날이 밝으면 누나가 밑에 집으로 전화해서 잘 있다고 전해달라고 할께"라고 하자 "아녀유-괜찮어유 일자리잡고 연락할라구유- 그래-그럼 네 마음 알겠으니까 그렇게 하기로 하구 일찍 쉬도록 해-이틀씩이나 한데서 잤으니 얼마나 피곤하겠어?

진영이 균영이 방에서 같이 자도 괜찮겠지?

괜찮어유~ 그래 조카들인데 어때-, 누~~~ 나 미안해유 갑자기 와서."

이틀밤 하루낮의 허기짐은 감출수 없었던지 두 사발에 밥을 비우고 수저를 놓으며 얘기하는 소년에게

"장이야-뭐가 미안해?

여기는 누나네 집이야-너희집이나 마찬가지 인거야-알았지?

예 고마워유-또 또 그런다"

엄마에 심정으로 동생을 대하는 누나에 마음을 소년은 알 수 있었을까…?

그건 아니었다. 소년이 큰나누에 마음을 어떻게 알수 있단 말인가?

이틀밤을 지나고 삼일밤을 맞이하면서 "춘천 시내 명동입구에 있는 매형 친구 양복점에 매형이 얘기해 놓았으니까 그 양복점에 다니면서 서울 일자리를 알아보자"는 누나의 말에 자신의 속마음을 얘기하지 못하면서 거절하지도 못하고

"예- 알았어유"

하고 대답은 했지만 잠자리에 누워서의 소년에 생각은 전혀 다른 생각으로 지금을 정리하기 시작했다. 춘천은 대전보다도 작은 시골 도시이고 여기서 일을 한다는 것은 내가 집을 떠나온 이유가 아니라는 것이다.라는 것을 첫째는 서울이 아니기에 자신이 목표했던 곳도 아닐뿐더러 어려운 큰 누나 집에서 생활을 한다는 것은 어쩐지 큰 누나에게 어려움을 주는 것 같아 싫었다.

"그려- 다시 가는겨! 희망은 보였으니께-여기는 서울이 아니잖어-근디 서울까지 가는 차비가 있어야 되는디"

이러한 소년에 속내를 큰누나한테 한번쯤은 얘기를 해볼만도 하련만, 옛날에 엄마한테 동아수련장 값을 달라고 조르지 못했듯이 역시나 혼자 생각으로 해결하는 수 밖에 없었다. 다음날 새벽 4:30분 차가 남춘천역에서 청량리로 가는 첫 열차였다. 누나네 집에서 걸어가면 20분 이면 도착 할 수 있는 충분한 거리였다. 소년은 새벽 네시가 한참도 되기 전에 참으로 괴로운 생각에 결론을 행동으로 옮기기 시작했다. 흡사 도둑고양이와도 같이 조카들이 깰까, 조심 조심 이불 소리를 조심하며 일어나 방문을 열고 나와 옆방의 누나 내외의 안방 문을 열고 들어서자 오촉 짜리의 붉은색등이 희미하게 화장대위에 소년이 훔쳐내고자 하는 물건을 비치고 있었다. 도둑질이었다.!! 누나 내외는 그 물건을 지키고라도 있듯이 방 가운데로 가로질러 펴놓은 이부자리 속에서 두 얼굴을 내어 놓은 채 평화로이 자고 있는 모습을 보는 소년에 심장은 불안하게 두근 거렸지만 지금에 이 평화를 지키는 것이 곧 소년을 위하는 길이다 생각하고 한 걸음 한 걸음 살며시 살며시 조금 공간이 넓은 두 사람에 머리위 쪽에서 한발, 두발 더듬 더듬 디뎌 나가 화장대 앞에 도착하여 물건을 두 손으로 감싸쥐고 드는 순간-채-르-렁! 하며 금속이 부딛히는 소리에 소년은 놀란 나머지 정신이 아찔해지며 주저 앉을 뻔 하였으나 두 눈을 질끈 감고 등쪽의 장농 벽에 몸을 바싹 세워 붙이고 두 사람에 미동이 없음을 확인하고 다시 한발 한발 들어온 방문을 향해 가는데 서너 걸음 넓이에 그방끝의 방문은 참으로 멀리에도 있었다.

very far-, 아침 식사 준비를 하려 안방에서 부엌으로 나 있는 쪽문을 열고 부엌으로 들어가 전등 스윗치를 켜고 작은 싱크대 위를 바라본 누나는 어제 저녁에 분명히 말끔하게 정리하고 들어간 싱크대 위에 칼, 도마가 나와 있고 또한 그 도마위에 항상 화장대에서 함박웃음을 짓고 있는 커다란 돼지저금 통장이 올라가 있는 것이다. 이상하네, 우리 복덩이가 왜-저기 나와 있을까?… 돼지 저금통장은 커다란 것으로 2년여 가까이 네식구가 동전을 넣다보니 3/4 가량이 채워져 네살, 다섯살에 아들들은 혼자서 못들고 누나가 가끔 들어보아도 꽤나 무거웠다. 잔뜩 궁금하게 생각하며 가까이 가보니 돼지등 동전 넣는 구멍이 손이 들어갈 정도로 갈라져 있고 그 옆에 동네 가게에서 부식을 사오며 받아온 누런 종이봉투에 무슨 내용인가 적혀 있는 글이 보였다. 잠깐 동안의 이상한 상황에 궁금증이 가득하여 누런종이 봉투위의 글을 읽어보니 "매형님, 큰 누님 죄송해요. 서울가서 일자리 구하고 한달 월급받으면 꼭 붙혀 드릴께요. 매형님, 큰 누님 용서하세요."

짤막한 글을 한눈에 다 읽은 누나는 기가 막혔다. 그래도 혹시나 하여 부엌을 나가 마루에 올라 애들 방문을 열고 동생에 자리를 보았으나 엮시 이불이 푹꺼져 있고 동생에 흔적은 없었다. 누나는 남편을 깨워 얘기하고 싶었으나 굳이 그럴 필요는 없겠다 싶은 것이 청량리행 첫 열차는 4시 30분이었고 서울행 첫 시외버스는 5시 30분인데 지금에 시간은 여섯시를 넘어서고 있는 시간이었다. 누나는 돼지옆으로 돌아와 무심코 돼지를 바라보며 그냥 흐르는 눈물을 떨어 뜨리면서, 아버지가 그렇게 되시고 가정 경제가 몰락하면서 밀려들어 오는 가난에 슬픔이란 얼마나 비참한 것인지 엄마, 할머니를 보면서 누나는 절실히 실감하였다. 그러나 그 가난에 슬픔이란 누나만의 아스라한 추억의 아쉬움일뿐 지금에 동생들은 그 속에서 태어나 자라면서 본능적으로 조금더 나은 곳으로 향하여 헤엄을 치고 있는 것이다. "바보야-왜-차비만 가져가- 배고프면 어떻하려고- 갖고 가려면 다 가지고 가

지… 어쩌려고 이래… 일자리 안잡히면 어쩌려고…"누나
는 구슬 같은 눈물을 떨어드리면서도 곤로에 찌개국물을 앉
히고 연탄 아궁이에 밥을 앉혀야 했다. 남편 출근은 시켜야
하니까- 그날 저녁 소년이 잠깐 머무르던 춘천시내의 약사동
고개에 어둠이 깔리기 시작하는데 때-르릉 때-르릉 불과 한
달여전에 남편이 회사에서 모범사원으로 발탁되어 표창장을
받으며 부상으로 개통시켜준 전화벨이 울리는 것이다.

"여보세요~어-처남, 장이구나, 어떻게 된거야? 지금 어디
야…? 어- 그래 응-응 잘되었네… 어-그래 알았어-그래 누나
가 울면서 얼마나 걱정했는데… 돈이라고 더 갖어 갔어야지-
으웅~ 그래-알았어-내가 내일 바로 가서 주인아저씨 뵙고 인
사드리고 할테니까 걱정하지 말구 들어가- 저녁은 먹은 거
지? 으-응 그래 알았어~."아침에 아내한테 처남 얘기 듣고
걱정이 되어 일이 끝나자 마자 집으로 바로 들어온 매형이
소년이 걸어온 전화를 받은 것이다.

"장이 전화예요? 뭐래요? 일자리를 구했데요?"

부엌에서 저녁 준비를 하던 누나가 남편이 전화받는 소리
에 모든 동작을 우선 멈춤하고 남편이 얘기하는 수화기에 귀
를 바싹대고 듣고 있는 누나의 궁금증이었다.

"어-그래-숙식제공을 해줄 수 있는 양복점을 만났나봐, 걱
정하지 말라면서 시간나면 옷가방 좀 갖다달래- 청량리 로터
리 주변이라니까 전농동 인거 같애… 그래요-아휴 다행이네-

오늘 그런데 못 만났으면 오늘밤은 어떻게 하려고 그런 거야? 무슨 애가 그렇게도 걱정이 없어- 여보-이제 됐지? 내가 내일 열일 제쳐놓고 다녀올테니까-이제 걱정 하지마, 처남이 나이는 어려도 남다른 생각을 하는 사람이니까-무슨 각오를 갖고 그렇게 했을 거야 걱정하지 않아도 되"

매형이 생각한 것과도 같이 소년은 자신에 담금질을 스스로 했던 것이다. 앞에는 피할수 없는 불이요, 뒤에는 천길 만길 암벽 낭떨어지기이다. 오늘이 아니면 한강다리위에서 뛰어 내리겠다는 생각이랄까…? 참으로 청렴한 도둑질?을 끝으로 사회생활 4년차를 보내면서 서울 입성의 고난에 과정을 마치고 서울 입성에 성공한 소년은 우선 고향에서 보다 1500원에 많은 한달 월급 12,000원을 받아 등가죽을 쩨었든 약간은 조금더 고급스럽고 커보이는 돼지통장을 사들고 큰 누님 댁을 방문하여 용서를 빌고 얼마의 날이 지나지 않아 추석명절을 맞이하여 토담집을 다녀온 후 본격적인 서울 생활을 시작하면서 대한민국 공창의 대명사 청량리 역 광장의 옆이며 청량리 로터리에 상징인 대왕코너 뒤의 전농동 588번지의 역할을 알게 되었고 그-조금 곁에 자리하고 있는 청량리 뇌병원의 역할도 알게 되었다.

"아저씨~ 저 드릴말씀이 있는 데유~"

칠척 장신의 커다란 키에 얼마전에 개통되어진 경부고속도로와도 같이 머리 정수리 부분으로 시원하게 대머리가 되어진 곳을 손바닥으로 쓱쓱 쓰담으며 담배갑 진열대의 작은 온돌에 앉아 손거울정도 크기의 작은 유리문으로 바깥풍경을 바라보고 있는 양복점 주인 곁으로 닦아가 말을 건네자 "무슨 얘기인데 말하라우" 시원한 이마에 둥글둥글 큰 눈을 굴리며 소년을 바라보고 대꾸(얘기) 하는 주인에게

"아저씨-저두 와리먹기루 하려구유…

와리 먹기루 하겠다구…?

예- 아저씨- 그럼 조석은 어떻게 하구?"

소년에 제안을 대수롭지 않게 받아 넘기며 소년에 식사문제를 먼저 걱정하는 표정으로 묻는말에

"예-밥은 밥집에서 대놓고 먹으면은 싸게 해준다니께유-

그래-그렇게 하고 싶으면 그렇게 하라마-

예-알았어유 아저씨 그럼-내일 10일부터 그렇게 할께유?

그래-알았으니께니 내일부터는 일하는데로 재단표를 모으라마"

이북사투리로 시원스럽게 대답해주는 주인 아저씨는 평양이 고향으로 6.25때 집안 모두가 평양 살림을 정리하고 월남하여 서울에서 자리를 잡은 경우인데 본래 이북에서는 광산업을 하였었으나 동생이 양복만드는 기술자로 평양에서 명성을 날렸던 기술을 기반으로 동생은 종로2가 YMCA 건물 1층에 양복점 간판을 걸었고 형은 여기 청량리역 광장앞에 로터리 옆 전농동에 양복점 간판을 걸은 것이다. 와리 먹기란?

상의하나 만드는데 얼마, 바지나 조끼, 코트 등을 하나 만드는데 얼마로 수공비를 정해 놓고 일하는 만큼에 임금을 받는 것인데 추석명절 한달 여 전부터 바쁜 일감이 시작되면서 다음해 5월까지가 일감이 이어지는 계절이고 9월까지 4개월

※ 와리먹기 : 월급이 아니고 일하는 만큼에 공임을 받는것

정도가 간단한 남방, 바지 정도의 일감만 들어 오는 소위 비수기인 것이다.

소년에 입장에서는 일감이 많을 때 열심히 하면은 봄, 여름 4개월의 공백기에 벌이를 적어도 두 세달 치는 할 수가 있고 시원한 대머리의 주인 아저씨는 별로 일감도 없는 사개월 동안 소년에게 삼시세끼에 식사 책임 완수를 하지 않아도 되는 것이다. 그러므로 서로에 이해타산이 맞아떨어져 쌍방 불만없이 노사 임금 합의가 이루어졌는데 그옆 서울시내 방향으로 조금더 깊숙히 자리하고 있는 의류상가 3층 열악한 시설의 의류봉제 공장에서는 전태일 열사의 근로조건을 개선하라는 구호로 경찰을 비상 출동시킨 가운데 몸에 기름을 붓고 불을 붙혀 분신죽음에 길을 택하였다.

옆에서 솟아오르는 불기둥 불빛 옆에서 깨알 같은 소년에 생각으로 시작되는 서울생활은 서울상경의 해에 연말을 보내면서 이별을 고하고, 구정 설날을 앞두고 있는 엄동설한 이었지만은 소년에 잠자리는… 그래도 토담집에 솜이불속의 잠자리에는 오글 오글 거리는 식구들에 따뜻한 체온이 있었

지만은 서울의 하늘아래 소년이 일하고 있는 양복점의 잠자리는 사각형 나무기둥위에 박혀진 베니어 합판에 낮 동안 바느질감을 놓고 일을 하다가 밤 이른 시간이든, 늦은 시간이든 같이 일하는 동료들의 하루일이 끝나면 양복일감을 옆으로 치워 놓고 그냥 그 합판위에 공장 한쪽구석에 묶어두었던 잠자리 요하나, 이불 하나를 풀어 놓으면 그것이 잠자리인 것이다.

양복점 가게의 천정을 개조하여 만들어진 공장은 최소한의 콘크리트 바닥도 없이 전부 나무로 이렇게 저렇게 연결하여 만들어졌기에 여기 저기에 실줄 바람은 예사이고 토담집의 창문보다는 조금 더 커 보이는 창문 틈 사이로 양복점 안방 위의 검은 기와지붕에서 휘몰아쳐 만들어 지는 바람이 다만 얼마만큼이라도 못 들어 오게 틈새구멍을 막아 놓은 비닐의 끝자락을 때리며 황소 바람의 기력으로 마치 소년에 잠자리를 타겟으로 겨누운 양 소년에 잠자리의 이불속을 파고드는 것이다.

그러면 이 소년에 잠자리 속 피부를 차갑게 쓰다듬는 고약한 손은 소년에게 과연 추위만을 주는 해로운 것이냐 하면 그것은 또 그렇지만은 아닌것 같았다. 하루 24시간 아무런 여과 장치없이 파란 불꽃을 피우며 양복 깁는 일에 일등 보조공신 기구인 다리미를 달구는 24구공탄의 핵과도 같은 가스를 최소 소년에 생명을 유지할 수 있도록 잡아내는 역할도 하는 것이다.

전태일 열사의 그 숭고한 희생이 주인 아저씨의 심금을 울려 공장구조 개선을 해주었으면 소년이 밤새도록 오글거리며 추위 속에서의 잠이라도 면할텐데… 아나-콩떡- 전농동 양복점 주인아저씨는 담배팔고 옆에 Box로 갖다 놓은 라면을 낱개로 팔아 그 수익금으로 네 사람의(재단사, 소년, 바지기술사, 가정부)급여를 해결하는 사람인데야 그것도 한달 급여를 서 너번에 나누어서.

5.

소년은 아직은, 아직까지는 앞날에 대한 어떠한 아무러한 계획을 세운 것은 없었다.

전태일열사의 그 고통스런 분신자살에 큰 의미도 깨닫질 못하면서 그저 막연히 집으로 생활비를 붙여주고 돈을 모아야 겠다는 생각으로 바로 옆 대왕코너 건물 1층에 있는 조흥은행에서 통장을 만들었으나 한달치 월급 만 2천원을 서너번에 받아 집으로 보내주고 나면 오백원 천원도 모으기가 힘들었던 것이다. 달리 돈을 더 모을 수 있는 방법을 생각하던 소년은 와리먹기를 생각하고 어쩔수 없이 사먹어야 하는 식비에서 얼마라도 더 모을 수 있을 것 같은 생각이 들었던 것이다.

소년에 생각은 맞아 떨어져 하루 세끼 밥값으로 주인아저씨 한테서 매일 받는 삼백원이 가불 형식으로 소년의 주머니에 들어오는 것이다. 통장잔고 불리기 작전을 시작한 소년은 하루 세끼 한끼니 밥 값은 일백원 하루 세끼니 삼백원에서 돈을 남겨야 은행출입을 할텐데…? 일하는 사람이 배가죽을 등가죽에 붙이고 일을 할수 없는 노릇이고-그려! 라면으로 해결하는겨-밥은 일주일 째 저녁 한끼만 먹고, 어차피 담배하고 라면팔아서 월급 주는 건디…라면 값은 월급에서 제하면 되는 거니께-그렇게 하면 일주일에 2천원은 모일 수 있을 것 같은데… 그러구서 월요일 점심 때 은행을 가는겨- 그려-그렇게 하는겨, 이 나라의 부자가 되는 길로써는 계란으로 북악산의 바위를 치는 격이었지만 나름대로 자신의 기발한 생각에 흡족해하며 은행 출입을 하는 소년이었다.

하지만 토담집의 오남매 식솔들을 운영하시는 어머니께서는 일만이천원이 이만이천원이면 어떻고, 설사 십이만원이라 하여도 싫어 할리 없으련만 집으로 보내지는 소년에 액수는 일전 한푼도 Over 시키는 일이 없었다. 소년은 지금에 모든

환경들이 불과 5개월여전의 모습들과는 다른 새로운 환경들
이었지만 눈만 뜨면 보게되어 있는 같이 일하는 두살 세살이
더 많은 바지 만드는 기술자 두명과 양파를 연상케하는 헤어
스타일의 삼십대 중반에 방씨성을 갖인 재단사 아저씨가 있
었고, 주인댁 내외하고, 두아들에 막내딸로 삼남매 자식들인
데 큰 아들도 대학에 2학년이고 작은아들은 얼마전에 수능을
치른 고등학교 3학년인데 두 아들은 그래도 다락 공장으로
가끔씩 놀러와서 바지가랑이도 어떻게 해달라고 하면서 몇
번을 드나들어 얼굴을 익혔으나 막내딸이라는 여인은 지금
중학교 3학년이라는 얘기만 들었지 소년이 이집에 온지가 5
개월이 다되어 가는 지금까지도 얼굴은 고사하고 목소리 한
번을 들은 일이 없었다.

그러면-그 여인 막내딸이 중학교 3학년이라는 정보는 누가
주었을까? 그이는 얼마전까지만 하더라도 하루 세끼 밥을 챙
겨주던 이집 식구에 일원인 가정부였다. 이름은 양다미 이였
고 나이는 소년과 동갑네기 였지만 소년과 다르게 많이 명랑
한 성격으로 두 사람에 통성명도 이-맹랑 가정부에 의해 이
루어졌는데 소년이 이 집에 들어온지 보름이 넘어갈 정도가
되는 무렵 양복점 안채 건물 구조상으로 저-한쪽 끝으로 작
게 만들어져 있는 작은 방에서 점심상을 기다리고 앉아 있는
소년앞에 작은 밥상을 소녀가 내려 놓자 밥상 옆으로 다가
앉으며 수저를 집어드는 소년을 바라보며 두무릎을 가지런

히 하고 두 손으로 밥상가에를 살짝이 짚은 모습으로 "저-지금 나이가 어-떻게? 나보다 많을 것 같지는 않은데…에-요." 라며 무슨 쑥스러움도 없이 나이를 물었던 것이다.

생각하지도 못했던 갑작스러운 물음에 어떠한 주저거림도 없이 얼떨결에 "17살인데유"라고 대답은 해주었지만 그날 저녁 잠자리에서의 온갖 아쉬운 말들이 머리속을 꽉 채웠는데 가령 "그러는 거기는 몇살인디?" 라든가, 아니면 그시대의 유행하던 목석같이 준엄한 표정으로 "남자에 나이를 여자가 왜 먼저 묻는건가유?" 라는 말을 했어야 하는데 대꾸 한마디 없이 대답을 해준것이 영~ 촌티를 낸 것 같고, 여자애한테 기가 눌리고 밀린것 같은 기분에 이리 뒤척 저리 뒤척였지만 소년에 대답 "17살 인데유" 하고 자신의 질문에 대답을 듣는 순간 살짝이 밥상을 짚고 있던 두 손을 떼어 가볍게 손벽을 치면서 "어머나…! 진짜 내 생각이 진짜 딱 맞았네 나도 17살인데…그러면 생일은 절대로 나보다 빠를 수 없을테구… 이제부터 친구하면 되겠네… 이름은 양다미이고 내 생일은 1월 1일 이거든"

하며 뻘쭘히 바라만 보고 있는 소년 앞에서 혼자서 신명나게 얘기하는데 부엌쪽에서 "다미야-뭐하고 있어? 이리와야지"

하고 부르는 소리에 "알았지? 이따가 다시 얘기해"하고 새침하게 소년을 바라보고 아주 다정한 친구와 잠시 헤어지는 분위기로 띄워놓고 등을 보이며 돌아간 것이다.

어떠한 바램이라도 이루워진 듯이 너무나도 기뻐하며 손뼉을 치던 그 모습이 지금 때문은 이불속에서 한기를 느끼는 소년의 가슴에 따뜻한 무지개빛으로 피어오르는 것이다.

그러나 소년은 따뜻한 그 감정을 느끼면서도 좋아하는 표정도 싫어하는 표정도 없었다. 어쩌면 동료들과는 웃으면서 얘기도 재미있게 잘 하면서 다미에게는 무관심한척하고 싶었는지도 모를 일이었다. 소년에 생각은 그게 멋이었으니까 그러한 소년에 표정이나 기분에 아랑 곳 하지 않고 혼자에 마음데로 친구가 되어진 소년에 이름을 가끔씩 부르며 다미는 항상 생글거리는 모습으로 소년의 곁에 있으려 노력하는 게 역력하였다. 어느 날은 주인아줌마한테 하루 집안 살림을 정리하고 끝난 저녁시간에 무슨생각에서 인지 저에게 바느질을 가르쳐주라고 소년에게 명령해줄 것을 부탁하였다. 어떠한 운명에 끈으로 자신의 막내딸과 나이가 꼭 같은 다미를 가정부로 데리고 있긴 하지만 심성이 고우신 아줌마는

"그래, 여자가 바느질도 할 줄 알아야지"

하고 다미를 데리고 손수 다락공장으로 올라와 모두 퇴근하고 혼자 일하고 있는 소년에게

"얘, 이군아 다미가 바느질좀 배우고 싶어 하니까 저녁에 잠깐씩 가르쳐 줘…""가위질 하는 거 하고… 기본만 가르쳐 주면은 연습하는 것은 혼자해도 되는 일이니까…""그

렇게 할 수 있지…?"

어떤 핑계로 거절을 할 수 없는 소년은 그래도 "제가 어떻게 남을 가르쳐유?"라고 한마디 해보지만

"뭘- 어떻게 가르쳐…이군이 배운데로 지금 바느질하는데로 얘기해주면 되는데…"

대수롭지않게 얘기하고 옆에서 두사람에 얘기를 듣고 있는 다미에게

"오늘은 조금만 보다가 내려와, 글 연습도 해야지" 하고는

임무를 마치고 사다리로 다시 내려가는 주인아줌마에 등을 보면서 "네-아줌마 조금 보다가 내려 갈께요" 대답하고는 아줌마가 내려가는 것을 보고 다시 자리에 앉아 하고 있든 바느질을 묵묵히 하고 있는 소년을 바라보고 "장이야-내가 왜? 남이야? 전 전번에 우리 친구하자고 할적에 그래- 알았어 하고 대답했잖아- 그러고 네 생일은 5월 1일이라고 했으니까 원칙은 내가 누나뻘이 되는데도 친구해주는 건데…"

라면서 조금은 볼멘소리로 얘기하자, "그러면 친구안하고 누나하면 되지"

라고 얘기하는 다미를 바라보지도 않고 혼자 중얼거리듯 얘기하자 다미는 다시 생글거리며 "한번 친구로 하기로 했는데 어떻게 안해-누나하고 싶은게 아니라 우리는 남이 아니라 친구라는 얘기지…"이렇게 두 사춘기의 만남이 이루어

진 것이다. 소년이 피를 나눈 형제들과 가난의 질곡에서 생계에 부딪치며 살았다면… 소녀는 어떠한 사연인지는 아직은 몰라도 부엌일을 도울수 있는 일곱살이 되는해 부터 부엌때기 하녀로 전전하며 다니던 중에, 독실한 기독교집안을 만나 적어도 다른 집에서 보다는 인간다웁게 부엌때기 노릇을 하는 중이었는데, 그집과의 인연도 하나님이 시기를 하시는지 소녀나이 15살에 이집으로 와서 2년여가 지날 무렵에 이 댁식구 모두가 이탈리아로 해외 이민을 가게 된 것이다. 식구들은 또 다시 홀로되는 소녀가 안스러운 마음이야 있었지만 같이 동행할 수 없는 형편에서 주인댁은 교회목사님, 성당의 수녀님, 성도님과 집사님들한테 소녀의 형편을 얘기하고 소녀가 있을 만한 집을 부탁한 뒤로 얼마 지나지 않아 지금에 이 집을 소개받고 주인댁이 직접 사전답사한 후에 소녀를 지금 이 댁에 데려오면서 하녀나 종에 신분이 아니라 노동을 제공하고 급료를 받을 수 있도록 하여 주고 떠났던 것이다.

"다미야 같이 못가서 정말 미안해… 아줌마가 열심히 노력해서 너를 부르도록 할테니까… 김포 수녀님께 가끔 들려서 인사도 드리고 너에 소식도 전해달라고 부탁드리도록 해- 그리고 항상 좋은 생각만 하고 명랑하게 생활해야 되…아무리 슬퍼도 알았지…?" 하고 헤어지던 아줌마가 작은 눈물을 반짝이며 소녀에게 마지막으로 해준말은 소녀에 마음에 아로새겨져 일상생활에서의 행동으로 보여지는 것이 지금 다미의 명랑미소 생활인 것이다. 다미가 아줌마와 14살에 헤어지며 이 집으로 온 지가 3년여가 지나면서 소년을 만난 것이다. 다미가 일방적으로 선언 선창하며 친구가 되어진 소년은 이제 꽃피는 청춘임에도 불구하고 분명 벙어리는 아닐진데 도통 말이없이 남여칠세부동석 이라는 고리타분한(Old-Fashioned) 명제를 가슴에 숭고히 새기며 소년의 곁으로 다가오고 싶어하는 다미를 싫어하지도 못하면서 좋아하는 모양도 못내는 것이다. 그러나 어느 맑은날에 밤하늘의 맑은 은하수 속에서 흐르는 유성을 같이 타고 흐르는 감상속에서라도 생활하는 양- 소년이 다미의 친구가 되어지고 난 후에 다미의 생활은 얼마전의 부엌때기의 정해진 하루에 일과에서 벗어나 자신에 생각을 들어주는 이가 있고 자신에 마음데로 질문을 하고, 그-대답을 들을 수가 있는 상대성이 있는 생활이 된 것이다. 다미의 이 생활에 큰 변화는 컴컴한 터널같은 십칠년의 인생에서 처음으로 맞이하는 사람다운 생활이며 하루 하루를 사는 즐거움의 시작이었다.

소년이 양복점에 입사하여 한 달 보름여 만에 추석명절을 맞아 집으로 갈적에는 다미와 소년은 서로 방관자였다. 서로가 명절에 어울리는 아무런 인사없이 시선만 마주치고 헤어져 명절을 보냈으나 석달뒤에 설날을 맞아 소년이 집으로 갈적에는 엄마, 할머니의 내복이며 동생들에 내복, 양말 등이 다미의 손에서 선택되어지고 그 선물가방안에 자신이 마련한 엄마, 할머니에 보양식이라며 한쪽 옆에 자리하여 놓고 할머니 것은 약재를 다려서 두 대접을 내어 아침 저녁으로 나누어 주시고 "어머니 것은 환으로 한 것이니까 아침 저녁으로 세알씩 드시면 되는 거야… 알았지?

자-이것은 네 양말 설날 아침에 신어," 라고 하는 다미에 모습은 영락없는 토담집의 친 오누이의 모양이었다. 다미의 그 모습을 보고 있는 소년은 "아니- 네가 왜- 이런걸 사서 주고 그래? 네 식구들도 아닌데" 라며 소녀가 듣기에는 참으로 김빠지게 공연한 짓을 한다는 식으로 얘기하지만 금방이라도 눈물을 쏟아 낼 것 같은 슬픈 사슴의 커다란 두 눈을 갖은 다미는 소년의 말에 아무런 흥미 없다는 듯 의젖하게 "친구에 부모님도 내부모님이고, 친구에 형제도 내형제와 같은 거 잖아…? 그리고 또-너는 나에 바느질 선생님이고 그러니까 당연히 선물을 해야 되는거지… 명절인데"

라며 허공에 눈길을 주며 얘기하는 것이다.

다미는 행복하였다. 지나온 세월에 어려운 일이 있었든 것은 지금 이 시절에 소년을 만나게 하기 위한 시련이었던 것만 같이 생각되었다.

세월은 조금씩 조금씩 빠르지 않게 흐르면서 다미에 생각이 소년에 생각과 같았고 소년에 생각이 다미에 생각과 같았다. 가령- 이십여일 전의 일만 하더라도 참으로 아름다운 우연이 있었는데…다미가 음식반찬 재료를 시장보아 오는 곳은 양복점에서 출발하여 이것 저것 Eyeshopping을 하며 3개의 횡단 보도를 지나서 경동극장 건물옆에 있는 경동시장인데 왕복 1시간 정도의 거리였다. "다미야- 오늘 저녁에 아구찜하는데 쓸 것이니까 서 너군데 들려보고 미나리 줄기가 탱탱한 것으로 골라서 사고 아구하고 미더덕은 생선가게에 전화해 놓았으니까 주인아줌마가 주는데로 받아 오면 되… 걸널목 걷는데 잘 살피면서 건느고…"시장바구니를 들고 외출준비가 끝난 다미에게 아줌마가 하시는 말씀이었다. 벌써 십여일 전에 입춘이 지났어도 아직-인왕산 깊은 곳에서는 잔설이 남아있어 손에 장갑을 착용할 정도로 쌀쌀한 날씨는 아니었지만 겨울 옷을 벗어 던지기에는 추운 날씨에 양복점 가게문을 밀고 나와 마지막 세번째 횡단보도를 건너서 시장에 도착한 다미는 주인 아줌마가 뜻하는 바 데로 채소가게에 들러 "어이구-우리 모델(Model) 아가씨 오셨네(대단한 식견 오년후에 세계적 모델을 어떻게 알아보고)"하며 반겨주는 아줌마에게서 줄기가 탱탱한 미나리 두단을 받아 바구니에 넣고 생선가게에 들러서 이미 손질하여 놓은 아구와 미더덕을 받아 엮시 바구니에 포개어 넣고서 돌아가는 길에 경동극장 출입구 십여미터 전에 있는 호떡과 국화빵을 굽어파는 노상 좌판대를 보고 닥아가는데 눈에 익은 갈색컬러의 쟈켓을 입은 청년이 내용물이 호떡과 국화빵이 분명한 누런 종이 봉투를 한 손에 들고 나오며 등을 보이는데 뒷모습만 보아도 첫 눈에 알아볼 수 있는 장이였다.

아마도 양복상의 안주머니 위에 새겨주는 이름을 박으러 시장에 나왔다가 돌아가는 길이 분명하였다. 순간 다미는 어-나도 장이 주려고 호떡사러 사는 건데…어쨌든-순간 다미는 와아~너무나도 반가운 마음에 장아-하며 잽싼 걸음으로 서너 걸음을 뒤쫓다가 혹시… 저 호떡 저녁에 내가 바느질 하러 올라 갔을 때 나한테 주려고 산것은 아닐까? 지금 이 시간에 아저씨들 하고 먹으려 산 것은 아닐텐데…에이-설마 장이가-으-음…내가 사가면 되지 뭐-나주려고 산거면 너무 좋은데…라는 생각을 하며 소년에 등 모습이 안보일 때 까지 이렇게 바깥에서 몰래 바라보는 것으로도 달콤한 즐거움을 느끼며 두 사람이 먹을 만큼 장이 두개 먹고 나 하나 먹고, 호떡 세 개 장이 세개 먹고 나 두개 먹고, 국화빵 다섯개가 넣어진 따뜻한 누런 종이 봉투를 받아 들고 조금이라도 덜 식게 하려고 겉옷 주머니에 넣고 앞서 소년이 지나간 길을 밟으며 돌아가는 길에 저녁 집안일을 끝내고 다락공장에 올라가 단추구멍 매듭 바느질을 하면서 호떡으로 인하여 어떠한 대화를 할 생각을 하니 두근 두근 가슴이었다. 아-정말 저 호떡을 나한테 주려고 산 것일까? 하고 생각하다가 아-맞아-재단사 아저씨한테 호떡 먹었냐고 물어보면은 바로 정답 나오겠네…그 Time에서 두 사람에 마음은 아주 꼭 같았다. 다미가

저녁 집안 일을 마치고 다락공장으로 올라와 단추구멍 하나
가 거의 다 만들어져 갈 때 쯤에 소년에 입술이 떨어지며

"아직-안끝났어? 이리보여 줘봐"

하면서 다미의 두손에 잡혀있는 바느질감을 보는 것이다.

"어-다 끝났어-근데 매듭 마무리가 깔끔하지 못해서…"

들고 있는 바느질감을 소년에 앞으로 내밀며 다미가 얘기
하자 단추구멍에 매듭을 살피던 소년은

"그러네…시작부터는 고르게 잘 되었는데 매듭하는 데에
서 바늘을 멀리 꽂고 실을 당기니까 주름이 생기는 거지…그
래도 지금 한게 제일 나은것 같은데…"라고 바느질 선생님
이 말씀을 하시지만, 다미의 귀에 현재로써는 그런 양양분
없는 소리가 귀에 들어올리 없었다.

다미는 집안 일을 마치기전에 점포쪽에 계속 신경을 쓰면
서 일하는 아저씨들이 퇴근하는 것을 포착하고 얼른 다가가
호떡에 정보를 묻자 호떡은 구경도 못했다는 것이다. O.K!
백프로 나한테 주는 선물야!하고 생각했던 것이다. 지금은
오직-호떡에 대한 희망사항 뿐 이었다. "으-응 그래…근데 일
더 해야되? 조금 있음 가게문 닫으러 내려가야 되잖아-알았
어-요거 소매 가다만 자르면 되"하며 다시 가위를 집어들고
종이에 그려 놓은 선을 따라 가위작업을 하는 것이다. 소년
은 어느 사이엔가 삼개월 전에부터 양복기술에 마지막 과정
인 재단(디자인)기술을 양파 헤어스타일의 재단사 아저씨를 싸

부로 모시고 배우면서 바지재단기술은 모두 익혔고, 요즘은 상의와 두루마기 재단기술 연습에 한창인 것이다. 지금 다미가 무엇을 바라는지 알리없는 소년은 잠시 후 가위작업을 모두 끝내고 조각난 종이를 조심스럽게 정리하며 "나는 다 끝났는데 너는 아지 남은 것 같은데…?"하고 다미를 보며 묻자 "어-아냐(얘가 지금 무슨 소릴 하는 거야) 다했어"다미는 잽싸게 조그만 바느질 감을 얼른 집어 주머니에 넣으며 "다 끝났는데 나는 내려가야지…너는 문 닫으러 안내려가?"라며 소년을 바라보는 데 어느 사이에 공장 한쪽 벽 말곳이에 걸려있는 갈색 컬러 안주머니에서 호떡이 들은 누런 종이봉투를 내밀며

"아까 이름 박아오다가 그냥 사왔어- 호떡하고 국화빵, 아직 따뜻해…"

참으로 멋이라고는 찾을 수 없는 말이었지만…순간! 이 감동에 달콤함, 이-뿌듯한 가슴의 희열! 아-기쁨을 느끼며 아주 침착하게 그렇지만 진실로 반갑게 "어머! 정말? 나도 너 주려고 사왔는데…

하고 소년에 봉지를 받아 양복깁는 테이블에 펼치고 다미도 다미의 겉치마, 앞 주머니에서 따뜻한 호떡 봉지를 내어 놓자 "어 정말 너도 사왔네…!"라고 놀라는 표정을 짓는 소년앞에 내어 놓고서 바로 소년의 뒤에서 목을 끌어 안으며 "장아-고마워"하면서 소년의 등 어깨에 고개를 눕히자 갑자

기 당황하는 모습이 역력하게 "머-머?가 그냥 사온거지… 어-
어- 왜이래? 장아-정말 고마워 나 처음으로 먹는 선물 받은
거야 아-아니 선물은 무슨 선물…? 풀빵같은 선물이 어딨어?"
라며 말을 더듬는 소년은 다미의 푸근하고 따뜻한 품에 안긴
채 어떻게 움직일 용기가 나질 않았다. 그날 밤 소년은 다미
가 손목을 잡고 이끄는데로 다락방 공장 창문을 열고 저무는
겨울밤의 밤하늘에 별을 헤아리고 무슨 이야기인가를 나눌
때,

"다미야…! 가게문 닫아야지…! 이군하고 어서 대려
와…!"

아줌마의 야속한 호출령이 들리며

"네-아줌나 내려가요"

하며 아줌마의 호출을 거역할 수 없었다.

보름전에 지나간 입춘이 조금 더 깊어지면서 남녘에서 불
어오는 훈풍을 맞이할 준비라도 하는듯이 이 청순한 청춘남
여에 이심 전심으로 통하는 아무렇지 않게 생각할 수 없는
기이한 우연에 일치를 내친김에 하나더 얘기를 아니할 수가
없다.

소년이 다리미를 달구는 연탄불 화독에 라면 삶기를 시작
하면서 라면을 맛있게 삶아낼 수 있는 냄비며, 수저 및 밑반
찬 하나 정도는 담아 놓을 수 있는 그릇을 구입하고 시장에
서 과일상자 하나를 구하여 다락공장 한쪽 벽 곁에 옆으로

엎어 놓고 찬장으로 쓰기 시작 하였는데, 소년은 토담집의 부엌 살림하든 기억을 되살려 과일상자의 거칠은 표면을 지저분한 신문종이로 가리고 있는 것을 걷어내고 시장에서 구입한 갈색의 천 2미터와 압핀이 들어 있는 봉지를 바느질 작업을 끝내고 교환 작업을 할 생각으로 과일상자위에 올려 놓았었다. 그런데 그날 저녁 다미가 저녁 집안일을 끝내고 다락공장으로 올라와서 다른 날과 다르게 양복깁는 테이블 옆으로 앉아 자리를 잡는게 아니고 바로 과일상자 쪽으로 가서 천과 압핀이 들어있는 봉지를 들어 소년에게 보이며

"장아-이게 뭐야?"

라고 묻자 소년은 곁눈으로 바라보고 "어-그거-상자위에 신문 걷어내고 천으로 덮으려고 사온거여- 일 끝내고 내가 할것이니께 거기 그냥 놓으면 되…"

이 건은 그날 둘이서 호떡을 같이 먹으며 밤하늘에 별을 헤아리고 얼마 지나지 않아 있었던 우연이었다. 다미는 감동하지 않을 수 없었다. 색상만 갈색과 파랑색으로 다를 뿐 무늬없는 단색과 2미터에 압핀까지 꼭 같이 다미도 오늘 사 갖고 와서 소년에 생각과 같이 누렇고 칙칙하게 변해버린 신문종이를 걷어 내고 지금 깔끔 작업을 하려 했던 것이다. 재단 종이에 자를 대고 선을 그으며 다미의 이 우연에 일치를 강조하며 신기한 듯이 얘기하는 소리를 한쪽 귀로 듣고 한쪽 귀로는 흘려내며

"으-응 네 마음데로 해, 너 괜찮으면 나두 괜찮어…"

하고 다미의 여러가지 물음에 대답하는 소년의 옆에서 섬세한 손놀림으로 자신이 고른 파랑색의 보자기는 소년의 찬장 상자에 옷을 입히고 소년이 준비한 갈색 보자기는 자신이 쓰고 있는 작은 책상 겸 화장대에 옷을 입힌 것이다.

굳이 갈색과 파랑색깔의 의미를 생각하지 않더라도 그날 밤 잠자리에 누운 다미는 작년 9월달에 장이를 만나고 지금까지의 일들을 가만히 생각해보면… 한적한 김포읍내의 지금은 이태리에서 이민생활을 하고 있지만 옛날 아줌마의 집을 떠나 이곳으로 오게 된 것도 소년을 만나기 위해 그런 것 같았고, 소년이 서울 사대문 안에서 일자리를 찾아 보았지만 헛탕을 치고 한참이 지난 뒤에야 자신이 먼저 와 있는 이곳을 소년 스스로 찾아와 일을 하게 된 것등… 소년과 다미 사이에서 간간히 일어나는 우연에 사건? 들을 열 여덜 순정에 다미는 운명이나 숙명이라는 명사를 염두에 두지 않더라도 사랑-참으로 이루어지기 힘들다는 첫사랑의 감정으로 다미의 가슴 한가운데로 자리 매김을 하고 소년과 자신의 미래에 대한 환상을 그려 내어 놓고서 다시 한번 소년 장이를 곱씹어 생각해 보았다. 소년은 언제나 다미를 함부로 대하는 태도는 없었지만 그렇다고 친절하게 대하는 경우도 아니었다.

소년이 다미를 메마르게 대하든, 상냥히 웃으며 친절하게 대하든 다미는 소년이 언제나 자신을 생각하고 있다고 굳게 믿을수 있는 어느 날에 소년에 행동에서, 다미가 생각하지 못했던 겉으로는 눈물을 속으로는 탄성을 지르며 감동할 수 있는 일이 있었다.

6.

다미는 그 날도 다른 날과 같이 집안일을 끝내고 작은 바느질 감을 들고 다락공장으로 올라갔다. 요즘 삼 사일동안 소년이 다미를 대하는 모습이 전과 달리 시큰둥 하다는 것을 눈치챈 다미가 "저-어기-요즘 재단연습이…? 뭐가 잘 안되는 거야?" 바느질감에 바늘을 몇번 꽂고 실을 잡아 당기면서 소년을 보고 묻는 다미에게 첫 물음에서도, 두번째 물음에서도 아무런 대꾸도 없이 재단 종이에 그어 놓은 선을 따라 사각-사각 종이가 잘리는 소리를 내며 가위질만을 하는 것이다. "장이야-왜 그러는데…? 왜? 요즘 아저씨들하고 무슨 일이 있었어? 요즘 매일 네 기분이 안좋아 보이잖아" 다미는 이제 바느질감을 손에서 내려놓고 제각기 다른 모양으로 오

려져 있는 재단종이를 조심스럽게 정리하면서 소년에 옆모
습을 보고 채근하듯이 다시 묻는데, "아-이… 도대체 뭐가 궁
금한건데…? 무슨일 있어…? 아무일도 없었어…!"

듣기 싫다는 기분이 확실하게 가위질을 하든 손놀림까지
멈추고 다미를 똑바로 바라보면서 얘기를 하는 것이다.

처음으로 화내는 소년에 모습을 본 다미는 당황해 하며 커
다란 두 눈을 크게 뜨고

"장아… 화난거야…? 왜그래…?"

라고 하며 살며시 소년에 눈치를 살피는데 갑자기 냉랭해
진 다락공장의 공기를 타고 소년의 빠른 대답이 흘러나왔다.

"그래, 화났어 내가 왜 화냈는지 너는 진짜 모르지?"

그동안 벼르고 있었다는 모습은 아니었지만 지금 다락공장
의 싸늘한 공기를 큰자루에 담았다가 한번에 쏟아붓고 털어
내듯이

"그래 화났다구- 내가왜 화났는지 너는 진짜 모르는
겨…?"

약간은 흥분이 된 듯 최근에 와서는 많이 안쓰는 충청도
억양이 튀어나오며 다미를 바라보는 것이다.

"으응 장아… 내가 뭐라도 잘못한게 있는거야…? 잘모르
겠어…"

평소에 생글거리며 명랑한 얼굴 표정은 온데 간데없고 무
언가에 겁을 먹은 불안한 눈빛으로 바르르 떨리는 듯한 입술

을 떼어 더듬거리며 말을 하는 다미에게

"너는 낮에 여기 올라오면은 왜 그러는거야…?"

"으-웅… 내가 뭘? 그냥 바느질만 하다가 내려가는데…혹시… 공장에 올라 오지말라구…?"

어느 사이에 양복깁는 작업판 테이블을 가운데 놓고 마주 앉은 다미가 아직은 불안한 눈빛으로 소년을 보고 전혀 모르겠다는 표정을 지으며 얘기하자

"누가 올라오지 말라구 했어?"

"그럼…왜그래? 모르겠어…"

소년은 약간은 긴장이 되는 듯 마른침을 한번 삼키며 약간 숙이고 있던 고개를 들으면서 다미를 보고

"네가 여기에 올라오면은 앉을 자리, 설자리를 보고서 자리를 잡아야지 아무데서나 앉고, 서고 하니까 아저씨들이 툭 툭치고 건드리고 하는거 아냐…!"

다미는 전혀 생각하지도 못한 심각한 표정으로 이상한 말을 하는 소년을 바라보고 느리게 곰곰이 생각해 보는데 이어지는 소년의 질타…

"그걸 알면서도 너는 가만히 있고 너…! 바보 아니잖아?"

나이에 비해 굵은 저음으로 울리는 목소리가 밑에 점포에 있는 아줌마 한테 들릴 것을 의식한 듯이 작은 소리로 얘기하는 소년에게서 자신의 어떠한 실수로 잘못한게 아니고 아

저씨들이 나를 건드리는 것을 싫어했구나 라는 것을 알아차린 다미는 불안했던 시선을 다소 누그러트리며 고개를 숙이지 않을 수 없었다.

갑자기 두 눈가에로 눈물이 핑 도는 것을 소년에게 보이지 않으려고…

"아저씨들이 장난으로 그러는건데… 어떻게 해"

들릴듯 말듯 다미의 숨소리같은 작은 목소리에 소년은 당황한 듯 고개를 들어 다락공장 천정에 매달려 하얗게 빛을 내고 있는 미색의 형광등을 잠시 바라보다가 천천히 고개를 내려 다미를 보며

"너 바보아니잖아? 그게 건드리는 거여…? 만지는거지… 아저씨들이 그렇게 하면 자리를 피하든지, 아니면 화를 내든가 해야지 네가 그런걸 싫어하는 줄 알고 너한테 손을 안대지 그냥 웃어 넘기니까 그러는거잖아… 여자가 왜그런것도 몰라!"

그 전엔 다미가 다락공장에 매일 출입한 것은 아니었다. 일주일에 세 번, 네 번 정도인데 소년이 이곳에 오기전에는 아예 출입을 하는 일이 없었다. 소년이 오고난 후에도 두달 동안 밥을 차려 주면서도 거의 출입하는 일이 없었는데 소년이 라면 끓이기를 독립하면서 부터는 다미가 소년을 보는 날보다 못 보는 날이 더 많아지게 된 것이다.

다미는 '내가 언제부터 이러는 거지…?' 하고 자신 스스

로가 생각을 하면서도 소년을 보지 못하는 날이면 그냥 무얼 할까…? 궁금해 지면서 목소리라도 들으려고 사다리가 놓여진 다락공장 입구에서 서성거려도 보았지만 워낙이 말 수가 적은 소년이다보니 보고싶은 사람이 있는 줄을 알면서도 목소리마저도 마음대로 들을 수가 없게 된 것이다. 다미는 생각 끝에 바느질 배울 것을 주인 아줌마한테 부탁하고서 그렇게 다락방 출입을 하기 시작한 것이다.

다미는 양손을 테이블위에 나란히 올려 놓고 고개를 숙이고 엄숙히 기도하는 분위기에 포로라도 된 듯이 움직이질 않는 것 같았지만 부드럽게 웨이브(wave)가 들어가 있는 까만 머리 카락은 어깨를 타고 양쪽 목가에로 흘러내려져 형광등 불빛이 반짝거리며 약하게 출렁이고 있었다.이분 삼분도 미처 되지 않을 다락공장의 고요한 침묵을 헤집고

"알았어… 이젠 내가 안올라 올께… 미안해 나 때문에…"

고요함이 없다면 들을수도 없는 슬픈목소리로 다미가 그 모습 그대로 조용히 일어나 사다리 쪽으로 몸을 돌리며 말하는 모습을 바라보고 있는 소년은 갑자기 소낙비를 맞은 꽃잎 모양 축쳐진 다미의 모습에 미안한 마음이 들면서

"올라오지 말라고 얘기한게 아니잖아…. 네가 여자니까 조심하라는 거지 그러구-누가 때렸어? 울기는 왜 울어?"

라고 소년이 말하자 사다리 쪽으로 한 발자욱 내디딘 다미

는 순간! 소년에 역정이 한풀 꺽였음을 감지하고 순발력 있게 슬픔에 장면을 고조시키며 "네가… 자꾸 바보라고 하니까… 슬프잖아" 하고 중얼거리듯 하며 손등으로 떨어지려 하는 한 방울의 눈물을 쓸어 내렸다. 다미의 타고난 연기력에 의해 반짝하고 빛을 발하며 만들어진 한 방울의 눈물은 소년의 마음을 약화시키기에 충분한 power가 발휘되면서 바로 조금전과는 다르게 다미에 모습을 외면하지 않고 작업판 옆기둥에 걸려있는 노랑손수건을 걷어 작은 미소를 지으며 아직 고개를 들지 않고 있는 다미에게 건네주면서,

"자- 앉아서 눈물닦아- 울기는- 너도 눈물이 있었네? 내가 바보라고는 안했잖아- 물어본거지 그냥 답답하니까 그렇게 얘기할 수밖에..없잖아- 그래도 네가 그러니까 눈물이 나잖아 알았어 미안해 어서 눈물 닦아- 가게문 닫으러 내려가야지 아줌마가 부를때가 됐어- 아이참 왜 울어"

한 방울의 눈물로 촉촉히 젖은 다미에 까만눈으로 슬퍼하는 모습을 보는 사람은 같이 슬퍼하지 않을 수 없고 자라목 같이 깊고 굵은 쌍커풀 속눈썹으로 눈웃음을 치면서 즐거워하는 모습을 보는 이는 같이 즐거워 할 수 밖에 없는 요술같은 두 눈을 다미는 가지고 있었다.

그날밤 이후부터 다미가 생각하는 소년은 다미… 자신을 선택한 남자였다. 다른 사람이 나를 건드리면 싫어하는 남자…! 다미에 하루 하루는 무엇을 어떻게 해야 장이를 위하

는 일일까? 라는 생각에 무엇하나 소년과 연관지어 생각하지 않는 것이 없었다.

소년을 만나기 전에는 아무 생각없이 걸치던 여성의 기본으로 생각되어지던 옷차림에서도 윗도리 아랫도리의 색의 조화를 맞추어 입고 그 모양에 최대한 어울리게 머리카락을 빗질하고서 연분홍의 나비모양에 머리핀을 꽂고 다락공장으로 올라가

"이거 안입다가 오늘 입어본건데…? 네가 보기에는 어때…?"

하고 은근히 물어보고서 조금이라도 싫어하는 눈치로 시큰둥 하면은 다음 날 당장 갈아입는 것이다. 또한 거의 2-3일에 한번씩 다녀오는 시장길에서 쇼윈도에 진열되어 눈에 띄어진 남자의 셔츠라든가 모자, 시계같은 것을 보면은 잠시 걸음을 멈추고 요모 조모 신중히 살펴보고 언젠가는 소년에게 입히고, 씌우고, 채워 주어야겠다고 생각을 하는 것이다. 특히나 다미에게 신경을 쓰이게 하는 것은 하루 세끼 식사를 라면으로 해결하는 소년의 건강이 해치지나 않을까 노심초사 걱정이 떠나질 않았다.

어느 때 밑에서 만들어진 음식을 조금 가지고 올라가 먹을 것을 건네 보았지만 일언지하에 거부하는 것을 악착같이 몇 번을

"이것은 아줌마가 보내서 갖고 온거야"

라고 거짓말을 하면서 가져가 보았지만…

"다미야- 나한테 자꾸 이러지마- 내가 돈이 없어서 이러는게 아니잖아- 네가 지금 나를 동정하는거잖아- 하지말라구 제발…!"

다미도 먹는 것 만큼은 어쩔수 없이 포기하는 수 밖에 없었다. 그러나 다락공장 안에서 이루이 지는 소년의 생활에 필요한 필수품들을 하나씩 하나씩 미리 미리 살펴보고 있다가 준비하여 주는 것을 처음에는 화를 내며 거부하던 소년도

"나는 네가 아무리 화를 내어도 슬프거나 겁나지 않아 이 정도는 내가 다 해줄 수 있는 거잖아"

라며 집요하게 접근하는 다미에게 만세를 부르고,

"알았어"

그래 그렇게 해 대답해주며 다미가 먹을 것을 먹이려 하는 것 외에는 그냥 마음대로 하도록 참견하지 않았다. 다미가 그렇게 하는 일 중에서도 여성 특유의 아니 모성애? 같은 감정을 일으키며 하는 일이 있는데 소년이 다락공장 어느 구석에 감추어 놓아도 귀신같이 찾아내어 해결하는 빨래감이었다. 다미는 소년의 냄새가 흠뻑 베어 있는 수건이며 셔츠, 양말같은 것들을 세탁하여 혹시 아줌마가 눈치챌까봐 제방에 걸어 건조를 시키는 날이면 마치 소년이 자신의 방에 와있거나 어떤 때에는 같이 누워 있는 것 같은 기분이 들을 때도 있었다.

다미는 지금까지 열혈단신으로 살아오면서 자신에 무엇을 조금이라도 베풀거나 헌신할 상대가 없었다. 단 한번만이라도 어느 누구에게 봉사할 수 없었던 것이다.

바쁜 일감이 있을 적에는 홀로 밤을 새워 일을 하고 일이 조금 일찍 끝날 때에는 풍만한 두 눈썹을 곤두세우고 치수계산을 하면서 재단종이에 선을 그리는 소년에 대한 다미의 봉사는 점점 끔찍이 위하여지며 헌신적인 사랑으로 줄달음 치면서 이제는 언제나 가슴 가득히 외로움을 쓸어안고 살아가는 소녀가 아닌 한 청년을 사랑하는 아리따운 처녀의 마음으로 소년과 동반하여 같이 갈 미래에 신비스러운 여러 가지 일들을 그려보게 하면서 이 사랑에 끝을 생각할 여지없이 기쁨과 희열을 느끼는 것이다.

다미는 소년을 만난 열달 동안에 한결 더 밝은 미소가 얼굴에서 떠날 줄을 모르는데 그 까닭을 아는 이는 누가 있었을까…?

그러면 이렇게도 헌신적이고 진심을 담은 사랑에 가슴을 두근거리면서 새로운 행복으로 받아들여야할 당사자인 소년은 과연…? 다미가 소년에게 자장가를 부르듯이 보살피는 것 같은 일들은 그저 토담집의 누이가 소년이 태어나면서부터 해주던 일상적인 것보다도 쉬운일들이었다.

다섯 살 위인 누이는 토담집의 생계유지에 동분서주하면서 토담집의 안을 비우는 엄마에 공간을 다섯명의 동생들과 옆치락 뒤치락 하면서 엄마의 역할을 하면서 생활하는 오지랖 넓은 누이의 생활속에서 성장하여온(지금도 성장중이지만) 소년에게 다미에 모습은 그저- 누이와 성격이 비슷한 여자일뿐 다미가 소년을 생각하는 천분의 일에도 갈 수 없는 것이었다. 이제 5월도 중순을 지나면서 춘하복의(봄, 여름) 양복맞춤도 한 풀 꺽이고 일감이 줄어들기 시작하면서 다음달 6월 부터는 완전 비수기로 접어 든다는 것을 어느덧 6년여의 경험으로 소년은 잘알고 있었기에 요즈음은 비수기에도 일을 할 수 있는 그 무엇은 없을까 궁리하든중에 그래- 그거야! 하고 순간 소년에 뇌리를 스치는 것은 사지바지라고 하는 미군부대에서 흘러나오는 미군들이 입는 겨울(동절기) 군복이었다.

소년에 토담집이 있는 고향읍내에서 십여리(4km) 밖에 떨어져 있는 장동리 라는 마을에 미사일 기지 미군부대가 있는데 그 곳에서 미군 겨울 군복바지가 흘러나와 숙덕시장에서 거래가 되는데 그들에 신체치수가 거의 90%이상이 우리네 신체치수보다 크기에 군복색이 아닌 다른색으로 염색을 하여 수선을 해서 입으면 온전한 맞춤양복 바지가 되는 것이다.

더욱이 인기가 좋은 것은 그 바지 옷감이 백프로 순모(양털)로 짜여진 천인것이다. 그런데 그 군복바지 수선시기가 꼭 가을이 시작되어 양복점에 일거리가 많아지기 시작할 때 바지를 들고와 거꾸로 손님이 부탁을 하며 맡기는데 양복점을 운영하는 주인으로서는 반가운 일감이 아니었다. 그 바지수

선을 하려면은 바지를 완전히 틀어내어 조각 조각 부속천을
모두 다 챙기어서 염색을 하였다가 재단을 해서 수선바지를
하나 완성하는 데는 하루에 새 맞춤바지 세개를 만드는데 수
선바지는 한개 완성하기에도 힘드는 것이다. 그러면 한푼이
라도 아껴보려고 수선 일감을 들고 오시는 손님에게 그 공임
을 다 받아낼 수가 있겠는가? 천만에- 그렇게 했다가는 소문
만 foully하게 나는건 자명한 일 새것공임에 반도 안되는 가
격으로 단골손님에게만 해주는 것이다. 그 시기에는 군복바
지에 수선이 몰리는 것은 미군은 올해 겨울이 되기전에 또다
시 겨울 군복을 보급품으로 받기 때문에 요번 겨울에 갖고
있는 새것 같은 바지가 봄에서부터 여름까지 미군부대 울타
리 밖으로 흘러나오며 유통이 되는데 알뜰형 신사분들께서
는 술 몇 잔을 덜 마시고 담배 몇 개피를 아껴 피우며 모아
놓은 쌈지돈이 되었든 아니면 총각신사는 엄마에 몸뻬 속주
머니 돈을 털어내고 가장에 명예를 달고 사는 남편신사께서
는 마눌님에 바가지 돈을 우려내어 한 다리 두 다리 걸쳐 바
지를 구입하였으면 양복점 일감이 한가한 봄, 여름철에 수선
맞춤을 하면은 손님 대접 받아가며 새로운 바지가 내것으로
되어질 텐데, 어렵게 마련한 바지값에 수선비용까지 준비하
기에는 부담이 적지 않았고 어차피 여름에 입을 옷은 아니었
기에 일차계획으로 사지바지를 내것으로 구입하였다는 것에
만족하고 옷장에 넣어두었던 것을 여름 내내 잊고 있다가 가

을이 되어 찬바람이 쌀쌀히 불기 시작하면은 하나둘씩 여름내 쉬고 있다가 바쁜 일손을 분주하게 움직이는 양복점으로 찾아드는 것이다.

토담집 뒤 곁에 있는 고추밭 고랑에 교과서를 깔고 소년에 작은 몸을 뉘인후로 생각을 해보고 각오가 서면은 주저 없이 실행하였듯 아이스케키 사업과 우산장사-버스안에서의 시장바구니 군것질 과자 판매사업과도 같이 고향으로 돌아가 내 점포를 마련하여 사지군복바지 수선을 발판으로 비수기의 계절에도 일을 할 수 있는 계획을 세우기 시작하였다.

아! 그러나 이것은 헌신적인 사랑에 하루 하루를 즐겁게 생활하는 맑은 피를 만들어내는 다미의 심장에 못을 박는 소년의 계획이라는 것을 소년은 알리 없었다.

첫째 일감이었다. 일감은 사지군복수선감을 소년에게 가지고 올 수 있도록 점포 유리문에 사지군복수선 전문이라는 표어를 붙이고 전단지를 인쇄하여 광고를 하면서 읍내 양복점에서 조금씩이라도 나오는 와리일감을 소년에 점포에서 만들어다 주면은 양복점 주인들도 싫어할 이 없을 것 같았다. 점포및 양복깁는 기구를 구입할 비용은 몇 개월 동안의 라면 식사에 댓가로 이만오천원의 자금이 통장에 예금되어 있었기에 점포 보증금으로 만원을 쓰고 남은 만오천원으로 기구 구입을 하면 되었다.

마지막으로 기술이었다. 양복기술 소년은 어떠한 모양의

양복이라도 만들어 낼 수 있는 기술에 자신이 있었다. 그 나이의 또래 소년들과는 다르게 하나라도 더 배우려고 노력하는 모습이며 어떤 목표가 있는 것도 아니라면서 삼시 세끼를 라면으로 해결하면서 한푼 한푼을 모으는 소년을 갸륵하게 여기고 그래! 너는 꼭 성공할거야 라며 성의껏 가르쳐 주는 재단사아저씨의 덕분으로 모든 모양의 양복을 그려낼 수 있는 기술을 다 익혔고 양복재단의 꽃이라고 하는 두루마기 재단 방법까지도 전수를 받은 것이다. 하물며 서울맵시의 재단 기술인데야- 소년은 그 전의 모든 생활상태와 조건들이 지금 소년이 생각하고 느끼는 밑바탕이 되어지며 보이지 않는 그 곳으로 한 발자욱 한 발자욱 내딛으려 할때에 다미의 바느질 솜씨도 가늘은 모양에 하얀손의 손가락에서 작은 바늘과 실이 움직임에 어색함이 없이 일체가 되어 있었고 또 하나 소년이 여기에 오면서 다미가 또 하나 깨우치게 된 것은 백성을 위하는 지혜를 지니신 세종대왕께서 만들어내신 한글의 깨우침이었다.

소년이 어느 날 라면을 가지러 가게로 내려가 담배 라면의 진열장에 붙어있는 작은 온돌방으로 서너걸음으로 가까이 다가가도록 까만머리를 귀넘어로 곱게 빗어 붙이고 못박은 듯이 앉아서 담배전방을 보고있는 다미는 소년에 인기척을 전혀 느끼지 못하는 듯 종합장 크기의 공책을 펴 놓고서 무엇인가를 집중하고 있는데 소년이 앉아있는 다미의 어깨너

머로 흘낏 보면서

"무얼 그렇게 열심히 하는거야? 받아쓰기 숙제라도 하나?"

라고 하면서 라면 두 개를 빼어 들자 다미는 화들짝 놀라면서

"어머나! 깜짝이야 왜 몰래 보고 그래요- 아이 깜짝 놀랐네"

라고 하며 반달 모양의 까만 두눈을 동그랗게 뜨고 무슨 부끄러운 짓이라도 하다가 들킨 표정으로 소년을 바라보는 다미에 두볼은 어느 사이 볼그레해 지는 것이다.

소년이 흘낏 보게된 종합장 크기의 공책은 한글 받침 쓰기 연습장이었다. 다미에 성장과정을 어렴풋이 알고 있는 소년은 다미가 아직 한글을 배우지 못하였다는 것을 눈치를 채고 자신이 초등학교시절 국어공부 나머지 반 친구들을 가르치던 생각에 다미에게도 한글을 가르치기로 하고 다미가 깜짝 놀란 두 눈으로 부끄러워 하며 공책을 감추던 모습을 잊지 않고 소년도 한글 연습공책을 구입하여 다미가 바느질 연습을 하러 올라올 시간쯤에서 공책을 펴놓고 점선을 따라 쓰기 연습을 하는 모양을 내었다.

그 모습을 보는 다미가

"장이야 너는 재단사 아저씨가 손님 치수재면서 불러 주면은 모두 적을 수 있잖아?" "으-응 그런거는 다 적을 수

있는데 아직 모르는 받침이 많아서 쓰기연습을 더 해가며 더 외어야 겠어…"

라고 하며 다미에 글씨연습이 부끄러운 것이 아니라는 것을 넌지시 일깨워 주고 자연스럽게 같이 쓰면서

"아! 맞다 여기에서는 이렇게 써야 맞는거네"

새삼 알았다는 표정으로 다미에게도 보여주며 조금씩 한글 받침 쓰는 순서를 알려주었다.

무뚝뚝한 소년에 그러한 모습에서 얼마 지나지 않아 자기는 이미 글을 모두 알고 있으면서 내가 부끄러워할 줄 알고 글을 모르는 척하며 같이 쓰기 연습을 한다는 것을 다미는 알아차리고

"너는 글을 다 알면서 나 때문에 같이 하는 거지?"하고 묻자 소년은 듣는둥 마는둥

"아녀 나도 아직 모르는게 많으니께 하는거여"

라고 태연히 대답하는 것을 다미는

'네가 그렇게 얘기해도 나는 다알아'

속으로 생각하는 것이었다.

어찌 이런 남자를 첫사랑에 대상으로 생각하지 않을 수 있단 말인가?! 6월이란 세월은 창경원이며 파고다공원 북악산 골짜기 이곳 저곳에 짙은 신록을 만들어 내며 저 뒤로 물러나는데 언제부터 인가 생각이 난건 뭐든지 해보는 버릇이 있는 소년은 앞으로의 전진형으로 열흘후의 6일날 고향으로 내

려간다는 계획을 굳히고 이미 집으로 편지를 보내 자신에 생각을 간단히 적어 엄마에게 점포를 알아봐줄 것을 얘기하고 십여개월의 서울생활을 마치려 하니 서울로 무작정 상경하여 바깥 담장에서 이틀 밤을 쪼그리고 지낸 생각. 특히나 큰 누님댁에서의 돼지잡기 절도행각으로 가슴이 조마 조마 했던 시간들이 생생히 살아나며 지금 내가 가고 있는 길은 어데로 가는 걸까? 라고 생각하는 생각은 아무런 의미도 없고 가치도 없다는 생각을 하고 있을 때 신록을 재촉하는 6월의 밤비가 다락공장 창문 밖 지붕으로 추적 추적 내리는가 싶더니 평소보다 조금 늦게 인기척을 내며 다미가 올라와 의자를 조금 끌어 당겨 바느질 작업판 옆으로 앉아 가볍게 숨을 몰아쉬며 "조금전에 옆집 식당아줌마가 오셔서 우리 아줌마하고 안방에 가시더니 무슨 말씀을 한참 하시는 바람에 담배 전방 보느라고 조금 늦게 올라온거야"

다락공장에 다미가 오르내리며 언제나 그랬듯이 소년이 관심을 갖고 대꾸를 하든, 안하든 무슨 말을 건네는 다미에게 오늘은 기다렸다는 표현이라도 하는 듯

"그랬구나-밥집 아줌마가 왜 오셨다 갔지? 아저씨는 어데 가셨는데…?"

하며 한마디를 더 붙이며 묻는 것이다.

다미는 아직은 조금 더 쌍 받침쓰기 연습을 하여야하는 연습공책에 연필을 움직이며

"아저씨는 마작판에서 아직 안오셨지? 8시 다 되었으니까 조금 있으면 오시겠네- 여덟시 반 까지는 오시거든 얘기해주고, 그런데 오늘은 관심이 많으네 아줌마일 아저씨일을 궁금해 하고…?"

소년을 바라보지는 않고 공책에 받침글을 쓰면서 얘기하는 다미에게 대꾸라도 하는 듯

"아~니 관심이 아니고 네가 얘기하니까…"

하고 엉뚱하게 "근데 왜 비가 밤에 오기 시작하지? 아침부터 오던지…"

혼자 중얼거리며 얘기하는 소년의 밤비소리에 다미는 갑자기 고개를 번쩍 들으면서 두 손바닥으로 펼쳐있는 공책을 가볍게 치면서 발딱 일어나 잠시 소년을 바라보고

"맞다! 우산 아저씨 우산을 갖다 드려야지 하며"

지체없이 일어나는 다미를 물끄러미 바라만 보고 있던 소년이

"다미야 잠깐! 이것만 하고가 잠깐이면 되니까"

라며 사다리입구에서 내려가는 다미에게 얘기하는 소년을 뒤로하고

"으-응 알았어 얼른 다녀올게"

라며 재빠르게 가게로 내려가자 아니나 다를까 전방온돌에 앉아있든 아줌마에 말씀

"그렇잖아도 지금 마-악 부르려던 참이었는데… 비도오니

까 급히 가지말고 조심해서 다녀와-아저씨가 덜 끝났으면 우산만 드리고 너 먼저 오고”“네 알았어요. 다녀올게요”

가게에서 다미와 아줌마의 얘기소리가 끝나고 다미가 가게 문을 열고 나가는 소리를 사다리 입구에서 쪼그려 앉아 듣고 있는 소년은 일어나 의자로 돌아가서 앉아 목에 걸고 있는 줄자를 만지작 거리며 무엇에 인가 실망했는지 눈을 아래로 내려 깔고 바닥을 보며 아쉬운 짧은 한숨을 내쉬는데 조금전에 내리기 시작한 밤비는 많이 굵어지지는 않고 청량리역 광장의 가로등불빛을 받고 반짝이며 내리는 것이다.

다미는 십분정도의 거리에 있는 기원실 문을 열고 들어가 우선 한 손바닥으로 코입을 막고 자욱한 담배 연기속에서 마작판 줄 세 번째 앉아 마작에 신경을 곤두세우고 있는 주인 아저씨를 발견하고 등뒤로 조용히 다가가

“아저씨 우산 갖고 왔어요”

하고 귀에 대고 얘기하자 옆으로 흘끔 쳐다보고는“어 에미나이왔네? 와 왔네? 바깥에 비오네?”

하며 다시 마작판으로 시선을 꽂을 때

“네”

하고 대답하는 다미에게

“그라몬 우산놓고 너 먼저 가라우 아저씨는 이판 끝나면 갈테니께니”“네- 알겠어요. 아저씨 저 먼저 갈게요”

하면서 기원실 문을 열고 나오는 다미는

"어-휴 아저씨는 담배도 안피우시면서 저런 곳에서 어떻게 몇시간씩 앉아 계신담"

비오는 도시에 퇴근시간에서는 언제나 그렇듯이 인도에 사람들의 발걸음 보다는 차도의 차량들이 뒤돌아 볼 수 없는 속도로 빠르게 질주하는 것이다. 그러면서도 적당한 줄기로 내리는 비라서 우산을 받쳐 들고 고개를 갸웃 거리면서 곰곰이 무엇을 생각하며 걷고 있는 다미에게 물방울은 튕기지 않았다.

아저씨에게 우산을 건네기 전까지는 다락에서 내려올 때의 소년에 간절한 감정은 없었더라도 그래도 무엇인가를 부탁하려는 듯이 부르던 소년의 소리에 깊이 생각하지 않았으나 지금 돌아가며 생각해보니 소년에 얘기를 무시하듯이 바쁘게 나온 것이 후회가 되었다. 많이⋯ 그것은 다미가 소년을 알게 된 이후 그 무슨 이유에서라도 내용이 무엇이든 이것 좀 해줄 수 있겠니? 아니면 다미야 그것 좀 부탁할게 라는 도움을 요구하는 점이 단 한번도 없었기 때문이었다. 아! 다만 이런 경우에는-가령 다미야 여기서 요기까지의 반듯한 매듭바느질은 요번주까지는 끝내야되 그러구서 다음주 부터는 동그란 매듭을 시작할테니까 또는 다미야 이거 쌍 시옷하고 쌍 기억은 다음 주 까지 쓰기연습을 마쳐야되- 그러구서 글맞춤을 시작할테니까 라는 정도의 부탁아닌 부탁을 할 뿐이었다.

두 사람이 마주하는 시간은 재단사와 기술자 두 사람이 퇴근을 하고 난 후의 시간에 다미가 저녁 집안일이 정리되어진 시간 쯤에서 비슷한 시간이었다.

오늘 역시 그 비슷한 시간에서

"다미야 잠깐 이것만 하고가"

소년에 그 말을 다시 생각해 보는 다미는 전혀 이런적이 없었는데 장이가 갑자기 무엇을 하라고 했던 것일까? 얼마전부터는 바느질이며 글쓰기는 자율복습으로 다미 혼자 스스로 부족한 것을 연습하는 것이어서 일부러 물어보지 않으면 소년은 달리 얘기하는 것이 없었는데 무엇을 시키려 한것일까? 혹시 살림상자 정리가 잘못되었나? 궁금증이 달아오르며 어찌되었든 빨리 가보자는 생각에 잰 발걸음으로 다락공장을 향하였다.

7.

소년은 오늘 밤 일의 중요 목표물인 다미가 돌발 rain time
으로 휘-윙 하니 빠져나간 다락공장의 공허한 침묵에서 잠시
후 다미가 돌아와서 그 일을 하려하니 긴장은 더해지며 심장
에 박동은 더욱 고동을 치는 듯 한데 소년은 아-이-진짜 아
까 그냥 빨리했어야 하는데 아-이 진짜… 다시 아쉬움을 나
타내듯 속으로 되니이며 머리를 긁적이는데

"웅-그래 아저씨는 보았어?"

"네 우산드리니까 지금하시는거 끝나면 바로 오신다고 저
먼저 가라고 해서 왔어요. 저 올라갈게요"

"웅 그래 조금만 하다가 이군하고 내려와 비도 오고 하니
까 일찍 문닫게"

다미가 돌아와서 몇 마디 아줌마와의 대화가 끝나는가 싶
더니 바로 다락공장으로 올라와 줄자를 목에 걸은채 서있는
소년에 곁으로 다가가 의자를 당겨 앉고서

"아-이! 갑자기 왠 비가와서 사람을 바쁘게 하네- 근데 장아… 아까 무얼 하고 가라 한거야? 아까는 아저씨가 기다리실 것 같은 생각에 미안해…"

빗물에 조금은 촉촉이 젖은 검은 머리카락에서 지난 1월달에 소년에게서 이 세상에 태어나서 처음으로 생일선물로 받은 리본모양의 붉은 색에 머리핀을 빼고 작업판 기둥못에 걸려져 소년이 사용하는 수건을 걷어 형광불빛에 반짝이는 머리카락에 물기를 씻어 쓰윽 쓰윽 비벼 목덜미 뒤로 넘기며 소년을 올려보고 얘기하는 다미에 모습을, 소년은 두 눈을 똑바로 마주하며 얘기할 수가 없었다. 평소 여느 날과 달리 하얀 비닐로 씌어져 만들어진 다락공장 창밖으로 조용히 내리는 밤비소리는 초저녁에 밤을 녹여 더욱 깊게 만들고 하얀 목덜미나 귀위에 서 너가닥씩 걸쳐져 반짝이고 있는 검은 머리카락은 촉촉한 다미에 모습을 감싸면서 어느 성인영화의 싱싱하고 야한 여자주인공으로 만들어 버린 것이다.

소년은 잠시 마음에 혼란을 느끼며 다미의 물음에

"으-응 저기 네가…"

"응- 그래 내가 무얼해야 되는데?"

소년은 무엇을 어찌해야 될지 모를 표정으로 마른침을 꾸울 꺽 삼키며 그래도 ! 속으로 다짐하고 앉아 있는 다미 곁으로 바싹 다가가

"다미야 일어서서 잠깐만 눈감고 있어봐"

"으-응…왜?

뭐하려고…?

아까 이거 시킬려고 부른거였어?"

전혀 생각하지 못한 엉뚱한 소년의 주문에 눈꺼풀을 위로 뜨며 묻는 다미에게

"어…엉… 잠깐이면 돼"

다미는 소년에 어떠한 부탁이라도 곤란해 하거나 당황해 할것들이 없었다. 오히려 자리를 피해가면서 다미의 곁에서 삼십센티 간격 이내로 앉거나 서 본적이 없는 소년에 긴장은 어렵게 입술을 떼어 말을 하는 목소리마저도 떨리고 있었다.

"알았어. 이렇게 하면 돼?"

하고 주저없이 일어서서 눈을 감고 엷은 미소를 띄우며 입고 있는 옷 매무새를 만지는 다미에게 시선을 꽂는 소년은 굳이 다미가 두 눈을 감지 않아도 다미에게 할 일을 얼마든지 할 수가 있었다.

그러나 눈꺼풀 아래에 숨어져있는 찬란할 정도의 까만 다미의 눈동자를 마주보며 몸 어느 한곳 좁쌀만큼이라도 만질 용기가 소년에게는 없었다.

"으-응 됐어 금방 할게"

하고는 소년은 바로옆의 작업판 위에 작은 수첩과 연필을 나란히 놓고 다미의 등쪽으로 바싹 붙어서 머리카락 속을 헤집고 그 속에 숨어져 있는 목덜미 아래쪽에 줄자를 대고 늘

어트려 허리약간 아래 부분에서 줄자 눈금을 읽었다.

주황색의 얇은 셔츠 넘어로 아주 적게 느끼어지는 것은 아마도 장이의 손가락에 움직임인 듯 한데… 아직은 아무런 영문을 모르면서 살포시 눈을 감은채로 다미가 지금 느끼는 감정은 날마다 이어지는 헌신적인 사랑에로의 감미로움을 느끼는 것이다. 이윽고 소년에 두 손이 어깨 쪽으로 옮겨져 사인치 반의 어깨 넓이를 재고 그 어깨를 타고 미끄러져 내리며 육인치의 반소매 치수를 재어 수첩에 적을 때 마음속에서 무어라 나타낼 수 없는 감회가 돌으며 미래에 대한 예감으로 가슴이 벅차오르는 다미는 그 동안 가게에서 재단사 아저씨가 손님에 몸치수 재는 것을 수 없이 보아왔던 생각으로 등줄기와 어깨 두 곳에서의 소년에 손놀림은 분명히 자신에 몸치수를 재는 것이었다.

그 전날에도 생각하지 못했던 엉뚱한 호떡을 사갖고 와서 멋없이 건네주든 날과 같이 또 다시 수 개월 지난 오늘 엉뚱하게 눈을 감은 채 세워놓고 소녀의 신체 구석 구석을 탐색하여야 하는 치수재기를 하는 것은 장이가 지금 무엇을 하려고 이러는 것일까? 혹시 그렇게 바라고 바라던? 그 엉큼한 짓이라도… 라는 공상에 얼굴에 홍조를 띠는 다미와는 전혀 다른 감정으로 신체치수부위에 접근하는 소년에 처지는 다락공장의 온실같은 온도속에서 심하게 코를 골면서 자고 있는 덩치 큰 고양이 곁을 어쩔 수 없이 지나가야 하는 생쥐와도 같이 조심스럽게 움직여 다미의 정면 앞에서 마주보고 한 손으로는 다시 한번 머리카락속을 헤집고 들어가 가늘고 하얀 목둘레의 치수를 재는 모습을 아줌마가 보았다면 영락없는 철없는 애들의 불손한 모양이었을 것이다. 드디어 마지막으로 소년이 제일 민감하게 걱정하던 가슴둘레부위 치수만 남은 것이다. 소년이 무작정 상경할때 이용하였던 증기기관차의 소리와도 맘먹는 심장에 고동소리를 억누르며 눈꺼풀은 살포시 닫혀있고 약간은 촉촉한 주황색의 셔츠는 허름하였으나 어쩐지 자세는 고 자세를 취한 것 같은 소년의 앞에서있는 다미에게 양 팔좀 들어봐 하고 주문하는 소년은 자신이 어떠한 몹쓸짓이라도 하려는 것 같이 두근거리는 가슴을 간신히 간신히 억누르며

"자-이렇게?"

하고 시원스럽게 양팔을 들어올린 다미의 허리위 겨드랑이 밑으로 소년의 두팔을 벌려 줄자를 돌려 감으려니 아무런 어색함 없이 자연스럽게 소녀를 품에 안은 모양이 되어지고 더욱 가까워진 두 사람에 얼굴사이로 바깥에서 내리는 차가운 밤비와는 다르게 다락공장의 미풍같은 것이 스치고 지나면서 서로에 머리카락에 냄새며 얼굴에 냄새를 느낄 수가 있었고 가늘은 숨소리 까지도 들을 수가 있었다.

촘촘히 묻어놓은 지뢰밭에서 수색작전이라도 하는듯이 조심스럽게 움직이는 소년에 손놀림은 기어이… 양가슴 언저

리에서 정상을 향하지 못하고 갑자기 자석에 붙기라도 한듯이 stop 하고 멈추어서

"저…?! 내가 등쪽으로 가야하니까 이거 양쪽 줄자좀 잡아봐"

라고 얘기하는 지금 이순간에 분위기에서 자신에 손 끝하나 머리카락 한 올에도 닿지 않으려고 어제까지도 애쓰던 장이가 오늘은 무슨생각으로 이렇게 엄청난 계획을 세웠는지 슬그머니 장난기가 발동되어지면서, "눈은 감아있고 두 손은 하늘을 향해 있는데 무엇을 어떻게 잡을수 있을까?"라고 탄식하듯이 얘기하는 다미에게

"으-응 눈뜨고 손내려서 잡으면 되지 자-아 이렇게"

하며 어쩔 수 없이 다미를 바로 바라보면서 아직 들고있는 두 팔을 가슴높이로 잡아내려 줄자를 쥐어주고 등쪽으로 돌아가 살짝 줄자를 당기며

"요정도 품이면 편하겠지? 됐으니까 줄자 끝 닿는 숫자만 읽으면 돼"

하고 소년이 얘기하자

"그런데 누구 옷 만들려고… 혹시 내 옷 만들려고 재는거야?" 두 손으론 봉긋한 가슴위에 줄자를 대고 숫자를 읽으며 기대에 찬 기분으로 묻는 다미에게 이제는 곤란한 과정을 끝냈음인지 편안한 얼굴로 다미를 보며

"으-응 누구는… 네꺼 남방셔츠를 만들려고""와! 정말 근

데 무얼로 만들건데?"

두 손바닥을 마주 모으고 얼굴 가득히 희망을 품은 표정을 지으면서 작은 수첩에 적은 치수를 정리하는 소년에 옆으로 바싹다가와 묻는 다미 말에 작업판 기둥 위쪽에 대어진 선반에서 마분지로 포장된 조그만 물건을 내려서 작업판위에 펴 보이며

"이걸로 만들을거야 색깔이 어때? 맘에 들어?"

하며 다미를 보는 것이다.

작업판 위에 펴놓은 생각하지도 못한 옷감에 놀란 눈길을 잠시 꽂았던 다미는 두 손바닥을 치면서 소년을 보고

"어머! 장이야… 정말예뻐!"

다미는 노랑 파랑 분홍색이 3센티 간격에 수직으로 섞어져 마름모꼴 무늬로 은은하면서도 봄에 싱싱함을 그대로 얘기하는 듯한 한마 일곱치에 옷감을 활짝펴서 얼굴에 뒤집어쓰고 4~5초 동안 고개를 들어 천정을 보다가 옷감을 살짝이 끌어 내리며 삶에 우수와 같이 뒤섞인 어떠한 종류를 억제하기 힘든 감회에 표시일까 가늘은 눈물이 까만 눈동자 안에서 수없이 반짝이는 두 눈으로 소년을 보면서 옷감을 사이에 두고 두 팔을 크게 벌려 뭉클한 가슴으로 소년을 끌어안고 자신보다 반 뼘정도로 키가 작은 소년의 어깨위에 얼굴을 묻고

"왜 이렇게 사람을 놀라게 하는거야?! 고마워 정말 고마워"

라고 소년의 귓가에 속삭이며 끌어안은 두팔을 풀을 기미가 없는 다미에게

"어…어 왜이래? 하지만 이거놔봐"

　어느 상황을 짐작하지 못하고 순식간에 다미의 품에 안겨 포로가 되어버린 소년은 두 손이 다미의 신체 어느 부위에라도 닿을까봐 두 손을 힘없이 양쪽으로 늘어뜨리고 동공은 목표물 없는 다락공장 밤의 허공만을 볼뿐인데

"싫어… 같이 안으면 풀을거야."

"에이 어디를 어떻게 안으라는겨? 어유… 이거놔봐 이러다가 아줌마가 보시면 어쩌려구"

　소년이 남녀칠세부동석의 신봉자이며 한일자형의 꽉다문 입술을 가진 목석같은 사나이에 폼을 잡는 사람이란 것을 잘 알고 있었다. 그러기에 소년이 자신에게 어떠한 애정행위를 하지 못할 것이라는 것을 알지만 몸이 저리리도록 달콤한 지금 이순간에 가련하고 정직한 순진한 소녀는 누구에게라도 부끄럽고 두려운 생각을 할 것 없이

"자-아 빨리 안아봐…그러면 풀을게"

　하고 고개를 파묻으며 얘기하건만

"무얼 어떻게 안으라는 거여 얼른 이것좀 놔봐"

　라고 되풀이 되는 자유만 애걸하는 소년에 두 손을 또다시 기습적으로 낚아챈 다미는 자신에 등 어깨로 소년에 두 팔을 감싸게 하고 다시 소년을 안고서

"이렇게 안으면 되지 아-이 좋다 너는 안좋아?"

그래 소년도 좋았다 가끔씩 잠들기전에 그려보던 다미의 가슴이 이렇게 크고 따듯한 품인줄은 몰랐었으니까 그러나 심장이 밖으로 튀어나올 것 같은 설레임보다는 그 품을 벗어난 자유가 더 편하였다.

"그런데 무슨 모양으로 만들을 건데? 어깨 뽕하고 목둘레 쪽으로 레이스가 들어가면 좋을텐데…"

하고 얘기하자

"어 알았어 레이스도 쓰려고 사왔어 이제 이것좀 놔봐 어휴"

실타래에 엉키어 같힌듯이 입만살아서 얘기하는 소년에 애기소리는 아랑곳 하지 않는 듯

"진짜 레이스 사왔어? 와- 또 다시 마음이 통했네 진짜 언제 입을 수 있어?"

남방셔츠 하나 만드는데 필요한 시간정도는 알고있는 다미가

"요즘 안바쁘니까 내일 오후쯤이면 입을수 있겠네?"

하고 묻는 말에 소년이 대답하고 다미가 말했다.

"어- 응 알았어 내일 입으려면 오늘 재단을 해야지 알았지? 이제 풀어봐"

"아-그랬어? 오늘 재단하려구 했던거야? 아 알았어 몇초만 더있구"

자신에 실타래 안에서 고스란히 갇혀 있는 소년의 등에 비

쳐진 다미에 얼굴에 눈은 눈웃음을 치고 옆으로 보이는 입가로는 빙그레 웃는 보살 주름이 보였지만 아직 해방을 맞이하지 못한 소년은 튀어나오려는 심장을 붙들고 can not move 상태였다. 벼룩만큼이라도 움직이려고 하면 다미에 따뜻한 족쇄는 더 죄여 오기 때문이었다. 첫 경험이면서도 앞으로 되풀이 되어 안겨지지 않을지도 모를 다미에 품이 아늑하게 따뜻하고 좋았지만 남녀칠세 부동석의 신봉자로써는 이것은 몹쓸짓이었다. 소년은 가짜 구세주를 찾기로 하고 갑자기 놀라워 하는 귓속말로

"아줌마! 아줌마가 올라오는 소리야"

하고 다미의 귀에 속삭여 보지만 달콤한 환각속에 젖어있는 다미에게 아줌마는 이미 겁나는 존재가 아니었다.

"으-음 아줌마가 보셔도 괜찮아 뭐가 어때서? 우리가 같이 살을거라고 하면 되지"

라고 하면서 소년에 정신을 번쩍! 들게 하는 찰나에 진짜 구세주에 음성이 카랑카랑하게 다락공장으로 흘러 들어왔지만 두-어시간 사이에 어디에서 이렇게 두둑한 배짱이 생겼는지

"네- 아줌마 요거 하던 것 마저하고 내려갈께요"

꼬오옥 붙어있는 두사람에 모습에 한치에 미동도 없이 언제나처럼 바느질을 하고 있는 사람같이 대답을 하는 것이다. 소년이 자기도 모르게 속으로 와-아! 하고 기가 질리는 감탄

사를 할적에 묶였던 실타래가 풀리는 듯 하면서

"문닫고 바로 재단 시작할거야?"

라며 소년을 바라보고 묻는 다미는 마치 내가 언제 널 끌어 안았니? 라는 표정으로 아무일 없었던 것 같이 시치미를 뚝떼고 머리카락을 쓰다듬으며 머리핀을 다시 꽂고 남방서츠를 살살 당기어 외모를 정리하는 것이다. 소년은 "으-응"

하고 얼결에 대답을 하는둥 하고 앞자락을 툭툭 털어내며 "아-이 진짜 왜- 끌어 안고 그래…"

겸연쩍하는 소년에 모습을 옆눈으로 보는 다미는 두손으로 입을 가리고 후-웃 재미있는 웃음을 지으며 나먼저 내려갈게 하고 내려가는 다미에 뒤를 그냥 이끌리듯이 소년이 뒤따라 가는데 두세발자욱 앞서오는 다미를 보는 아줌마가

"무슨일이 있었니? 왜그렇게 생글거리며 내려와?"

라며 묻는 말에 뒤에서 그말을 들은 소년은 흠칫했으나

"아까는 못 보았는데 지금 내려오다 보니까 공장 창문 틈 사이로 꼬불 꼬불한 나팔꽃 더듬이 손이 비집고 들어와서 그 뒤의 넝쿨에 꽃봉우리 하나가 매달려 있어요 내일이면 피겠어요… 그걸 보니까 그냥 우스워서요"

내일이면 다들이(소년이 지어준 다미에 이름)의 예견대로 나팔꽃이 피면서 그 슬픈 눈물에 양을 알수 없을 만큼에 슬픔이 내일 필수도 있다는 것을 알지 못하는 다미의 말에 "원

애두… 말 엉덩이만 보아도 웃는다는 십팔세라더니 네가 그런 모양이구나" 라고 말하면서 바깥 진열장 문을 닫고 들어오는 소년에게

"수고했어 올라가서 잘자고 다미도 들어가 자…

하고 아줌마의 하루일과를 마감하는 것이다. 비록 내 사랑에 상대가 아무런 열정없이 반응을 한다 하여도 다들이는 그 상대의 진정성을 알기에 그 상대에 대하여 고민을 할 필요가 없었고 걱정과 두려움이 있을 수 없었다. 그러나 순수하고 고귀한 사랑에 얽메어져 그 기쁨이 무르익어 충만해지면 질투에 신이 되었든, 심술에 신이 되었든 다른 결핍에 조화가 일어나면서 또 다른 헌신적이고 참을성 있는 사랑을 요구하는 것이다.

다음 날 아침 여섯시 삼십분에 눈을 뜨고 시원한 하품을 내 뿜으며 앞치마를 두르고 세 개의 연탄불 아궁이 중의 하나에 구공탄 불을 갈아 넣고 쌀 독에서 쌀을 퍼내어 아침밥 쌀을 씻는 다미는 어제 저녁의 잠자리에서 노랑, 파랑, 분홍색이 섞어진 남방이 완성되어 그 남방셔츠를 입고 외출하는 내용이었다.

"자 한번 입어봐"

하고 다미의 등 뒤에서 활짝 핀 꽃위에 앉아서 꿀을 빨으며 날개를 접고 있는 나비모양으로 남방셔츠를 가볍게 한번 출렁이고 소년이 입혀주는 남방셔츠를 입고 어린시절의 기

억이 가물가물한 김포에 어느 집을 들려본것도 같고 영원히 깨지 말았어야할 꿈속에 짤막한 또 한순간은 소년과 손을 잡고 창경원의 벚꽃나무 밑을 걸은 것이다.

그 행복한 순간 소년은 어느 사이에 다미의 보호자라도 된 것 같은 폼으로 엷은 저음을 깔며 으-음 요번 일요일에는

"네가 인사드리러 가는 김포성당에 같이 가서 수녀님께 인사도 드리자구"

하면서 의젓하구 침착하게 말을 하는 것이다.

다미는 오늘 입을 수 있는 남방셔츠가 소년이 자신에게 무엇이라도 마음대로 요구할 수 있는 그 어느 사랑에 힘을 지닌 옷이라는 기대에 찬 생각을 하면서 요모 조모로 까탈스러운 동갑내기 주인 딸네미의 아침 잔소리도 한쪽귀로 흘려버리고 아침 설거지 뒤에 이어지는 손 빨래에 집안청소가 끝나고 점심 설거지까지 끝내는 오후 두시 쯤에서 언젠가는 소년에게 선물하려고 시장 공예품 전시회장에서 구입하여 간직하고 있던 석고재질로 만들어진 오줌싸게 소년이 키를 쓰고 소금을 얻으러가는 모습을 검정치마에 노란 옥양목 저고리를 단정히 입고 있는 소녀가 오줌싸게 소년을 놀리듯 입을 가리고 깔깔거리며 웃고있는 모습에 인형 한 쌍을 옷상자에서 꺼내어 오색자수가 새겨진 복주머니에 넣어 매듭을 하고 다락공장으로 오르는 다섯칸의 사다리로 향하는 다미는 "무슨말을 하면서 이걸주지… 자- 그냥 우리들의 표시로 주는

거야- 아냐- 우리라고 하면 싫어하겠지? 그럼 옷값으로 주는
선물이야라고 할까? 에이 몰라- 그냥 주면서 얘기하지 뭐".
잠시후면 눈꼽만큼도 생각하여 본적이 없는 입술이 파래지
고 몸이 대리석 과도 같이 굳을 것 같은 허무한 이별에 봉착
할 다미가 사다리의 마지막 다섯 번째 칸을 디디고 고개를
들어 그 아름다운 두 눈으로 작업판 기둥을 주시하는 순간
조명이 미약하여 항상 침침하게만 느껴지던 다락공장안에
노랑, 파랑, 분홍색의 꽃이 활짝피어 남방셔츠로 변하여 기
둥에 걸어져 다락 공장방안의 여명을 밝히고 있는 것이다.
　다미는 자신의 의지와는 관계없이
　"와 ! 장이야 너무 예뻐 정말 예뻐!"
　라고 하며 기쁨에 감탄사를 연발하면서 걸려있는 옷을 걸
어 자신의 앞가슴에 갖다대고 옆에서 보고있을 소년에게 보
여주려고 고개를 돌리면서
　"장이야 정말 예쁘지?"
　하고 첫눈에 보이지 않는 소년을 까만 눈동자를 굴려 찾는
순간에 갑자기 익숙하지 못한 과일상자 주변의 공기에 섬뜩
함을 느끼며 언뜻 눈에 띄는 상자위의 작은 노랑색종이를 집
어드러 보는데 아직은 작은 온기가 남아있는 듯한 종이위에
쓰여진 글씨는 다미를 초조함으로 휩싸이게 하는
　"다미야…잘입어 옷 다된거야 입어도 돼"였다.
　순간 다미는 어리둥절해 하며 주변을 둘러보는데 바로 전

날 밤과는 전혀 다르게 살던 새가 돌아오지 않는 휑하니 비어있는 새 둥지같이 소년의 모든 것들이 사라져버린 모습이었다. 어! 뭐야…? 장이야! 어딨어? 장난이라고 하기에는 너무나 거리가 먼 분위기에 다미는 남방셔츠를 말아 들고 복주머니를 움켜쥔채로 후다닥 가게로 내려와 전방 온돌마루에 껌딱지처럼 붙어 앉아있는 아줌마를 바라보자 "왜-그래 무슨일 있니? 놀란토끼같이 두눈을 동그랗게 뜨고 바라보게?"라며 묻는 아줌마에게

"아줌마 장이 어디갔어요? 혹시 심부름 보내셨나요?"

하고 조급한 표정을 지으며 묻는 다미에게

"심부름은… 너는 매일 저녁을 같이 붙어있으면서도 몰랐니? 뭘요 아줌마? 뭐긴 이군이 오늘 그만두고 집에 내려가는 날 이잖아 가게 얻어서 옷수선 하며 양복일은 와리먹기루 한다고 했어 사흘전에 얘기한건데 너한테는 얘기 없었니?"

다미는 순간 아줌마의 얘기도 더 이상 들을 시간도 아니고 대답할 시간도 아니라 생각하고 아무렇치 않게 잠자코 얘기하는 아줌마를 바라보고

"아줌마-장이는 언제 나갔어요?"

대답을 재촉하듯 묻는 다미에게

"으-응 나가기는 방금 나갔지- 길 안건넜으면 신호기다리고 있겠지"

"네"

아줌마의 말이 끝나기도 전에 벌써 가게문을 열고 나가면서

"다녀올께요"

하며 뛰쳐나가는 뒤에서 원-애들두 저희끼리 인사도 없었나?

지금 다미의 소년에 대한 긴박한 상황을 알리 없는 아줌마의 중얼거림과도 같이 아무런 인사없이 떠나가는 사랑을 붙들어 놓을 수 있는 어떤 이유는 생각나지 않았으나 보아야만 했다 무슨말이든 약속을 하는 목소리라도 들어야 했다 소년이 건너야할 횡단보도는 양복점에서 삼백여미터의 거리에 있다. 그 길을 건너고 다시 이백여 미터의 앞지점에 소년이 타려하는 용산역을 지나가는 87번 시내버스 정류장이 있다는 것을 다미는 알고 있었다. 아줌마의 말대로 방금 나왔다면 횡단보도를 건너기전에 볼 수 도 있을 것이다. 그 전에 모습이 안보인다면 길을 건넜다 생각하고 다미도 길을 건너 버스정류장 까지 가보아야 하고 거기서도 못 보면은 용산역까지라도 가서 찾아 보리라는 생각외에는 다른 생각없이 작은 걸음으로 뛰면서 지나치는 사람들을 살펴보는데 저 앞의 횡당보도를 이십여미터 앞두고 갈색의 윗도리 점퍼와 청바지를 입고 모든 생필품을 집어넣었을 듯한 다미의 눈에 익은 국방색의 더블백을 어깨에 메고 작은 검정색 가방을 손에 들고 걸어가는 소년의 뒷모습이 역시 이십여미터 앞에서 보이는 것이다.

다미는 나오지 않는 목소리로 소년을 부르며 좀 더 힘을

내어 빠르게 소년에 뒤를 따라 뛰어서 횡단보도를 대 여섯 발자욱 앞두고 있을 때 소년의 등 허리가 가까이 다가가 가쁜숨을 몰아쉬며

"장이야!"

하고 부르자 내일부터 시작되는 고향읍내에서의 새로운 일들에 대하여 곰곰이 생각하며 걷던 소년은 갑자기 귀에 익은 목소리에

"어? 누구…"

하며 걸음을 멈추고 뒤돌아 보자 가슴에 두 손을 얹고 숨을 몰아쉬고 있는 다미가 있는 것이다.

"어- 다미야 어데가는거야? 어떻게 왔어?"

하고 한 동안 만나지 못했던 사람을 지금 거리에서 만난 것 같이 그저 어리둥절한 표정으로 얘기하는 소년에게 무슨 말을 어떻게 하고 무엇을 약속받아야 하는 지에 앞서서 나에게 단 한마디 말도 없이 이렇게 떠나가는 실제 소년에 모습을 보자 서운함이 눈가로 핑돌으면서 아직은 잔숨을 몰아쉬는 모습으로

"왜? 얘기 안했어?"

하고 소년을 바라보며 묻는 다미를 보는 소년은 이별에 대한 어떠한 표정도 없이

"어-으응 얘기는 머… 그냥 가면 되는거지 어서가- 나 네시 열차 타야돼"

지금 여기서 너와 지체할 수 없다는 듯 얘기하는 소년에게 그래도 두 마디는 물어보아야 했다.

"이제 서울에는 안와? 어- 그럴려구 편지는 할 수 있어? 어- 시간나면 할게 어… 신호들어왔다."

지금 꺼져가는 온몸에 기운을 간신히 추슬러 얘기하는 다미에 절박한 신경은 아랑곳 하지 않고 신호등에만 신경을 쓰고 있음을 확실히 보여주듯 파란불이 들어옴과 동시에 발길을 돌리려는 소년을 보고

"장이야- 무슨 할 말 없어?"

지금 이 순간에 무엇을 의지해서 라도 되돌려 놓을 수 없는 상황에서 지금 이별후에 설령 지켜지지 않을 약속 한마디라도 해주리라 굳게 믿고 듣고 싶었다. 그러나 소년에 대답은 아무런 인연도 없는 사람에게 하는 말같이

"어- 나 갈게"

하며 발을 띄려하는 소년에게 그래도 수그러 들지 않는 미련으로 다미는 "장이야… 잠깐만"

하고 오른 손바닥에 복주머니를 올리고 왼손으로 받쳐들고 소년에게 내밀면서

"이웃 잘입을게… 하고 자- 이거 가져가 너 갈 때 주려고 갖고 있든거야"

하는 다미를 바라보는 소년은 중얼거리듯 그런걸 머하러 하며

"어! 불 깜빡이네"

라며 놀라워 하는 표정으로 메고 있든 더블백을 추켜 다시 메고 돌아설 때 내밀고 있던 다미에 손을 뿌리치듯이 더블빽에 툭쳐지면서 복주머니가 바닥으로 떨어져 그속의 내용물이 깨어지는 듯 푸-퍽! 하는 소리를 들으며 놀라는 가슴에 반사적으로 얼굴이 창백해지며

"어-머… 장이야"

하며 허리를 굽혀 떨리는 두손으로 감싸 복주머니를 주워 들고 고개를 들었을때 횡단보도는 차량으로 가득채워져 질주하였고 그 길 너머의 인파속으로 작은 갈색점이 점점 사라져가고 있는 모습을 보며 짐작할 수 없었던 예고 없는 이별의 현실에서 슬픔으로 가득찬 까만 눈초리는 총기가 흐려지며 온몸에 기운이 밖으로 빠져나가는 듯이 비척거리는 몸을 도로가의 가로등 전봇대에 의지한 채 한참을 기대어서 파리해져 바르르 떨리는 입술을 힘없이 움직여

"장이야… 왜그래? 왜? 그냥 가는거야 장이야 나한테 왜그러는거야? 장이야 왜그래?"

끝내 단한마디 약속도 없이 횡하니 떠나가는 소년을 뒤로 하고 돌아오는 길은 8차선의 도로위에서 수 십대의 차량이 질주하여 소리내는 굉음도 시끄럽지 않았고 축져진 어깨에 고개를 숙이고 가게문을 밀고 들어갈 때에 아줌마가 무어라 물어보는 소리도 전혀 의식하지 못한 듯 초라한 모습을 하고

제방으로 들어가 작은 골방 한 가운데에서 엎어져 한 묶음으로 동여맨 머리카락을 방바닥으로 늘어뜨리고 있는 다미에 뒤를 무슨일이 있나 싶어 곧 바로 뒤따라 들어온 아줌마가 걱정스러운 표정으로

"다미야 무슨일 있었니? 왜 이러고 있어 이군을 보기는 본거야?"

하고 소매 끝자락 부분에 레이스가 달린 두 손으로 늘어뜨러져 조금씩 출렁이고 있는 다미에 까만 머리카락을 쓰다듬으며 묻는 아줌마에게

"네…"

하고 엎드린채로 평소와는 전혀 다른 행동으로 힘없이 대답을 하는 것이다. 다미의 그 모습에서 어렵지 않게 다미가 슬퍼하는 모습을 발견한 아줌마가 다시 부드럽게 두 손을 움직여 다미의 두 볼을 감싸고

"왜그래- 하며 고개좀 들어봐 왜? 이군하고 싸웠니…"

하며 애정이 가득한 목소리로 묻는 아줌마는 꿈에서도 그려보지 못한 다미에 엄마가 지금에 모습을 보았드라도 똑같은 표정과 목소리로 얘기했을것 같이 다정하게 다미에 고개를 들어주고 바라보자 두 눈에 가득히 맺혀있는 눈물이 두볼을 타고 또르르 흘러내리며 아줌마의 두 손등을 적시는 것이다.

아줌마는 지금 이 가련한 소녀에 슬픔을 직시하고

"어이구 너희들 서로 좋아했구나 헤어지는게 슬퍼서 우는

거야? 어이구 딱하지"

두 손의 엄지로 흐르는 눈물을 쓸어 닦아주고 한 손으로 등을 쓰다듬으며 또 다시 말을 이었다.

"서로 좋아하여 사랑하다 보면 헤어졌다가 만나면 더 기쁘고, 또 헤어지면 슬프고 하는거야 다음에 만나면 더 기쁠거아냐…? 자 눈물 닦고"

사랑에 상당한 유경험자 같이 얘기하는 아줌마의 말에서 서로에서 서로는 나만이 있었고 다음에 만남은 약속이 없었다.

"그래- 또 언제 만나기로 한거야?"

라는 아줌마의 물음에 다미는 고개를 옆으로 살래 살래 흔들면서

"그냥 갔어요…"

아줌마의 두 손에 힘으로 들고 있는 고개를 다시 바닥으로 숙이면서 얘기하는 다미를 보고

"에이그… 너혼자 짝사랑했구나 그래 이군이 그런데다가 정신을 쓸사람이 아니지 이군이 엄청히 지독하고 똑똑한애야 라면만 먹으면서 밥값으로 돈모으는 것두 그렇구 그 나이에 재단기술도 모두 익히구 그러니 벌써 가게 얻어서 독립하려구 하는거지 이군은 나중에 크게 성공할거야…"

마치 내자식 자랑과도 같이 소년을 추켜세우면서 하는 아줌마의 말에도 아직은 나혼자만의 사랑이었다는 것을 현실로 믿을 수 없는 다미에게

"자! 어서 기운차리고 일어나 시장가야지…"

"아줌마 먼저 일어날테니 얼른나와"

하고 나가는 아줌마에게 "네- 죄송해요"

라구 모든 기력을 잃은것 같이 힘없이 소리로 대답하는 다미는 적어도 오늘 남은 하루에 일 정도는 해낼수가 있었다.

남여관계란 그것이 나혼자만의 몽상이든, 상대와 같이 공유를 하든 처음엔 가볍고 경쾌한 생활에 리듬으로 나에게 행복을 제공하여 주지만 그 관계가 영원하지 않을 경우에는 내 영혼까지 사라져가는 듯 한 이별에 슬픔이 나에게 휩쌓일수도 있고 아니면 무덤덤한 서로의 감정으로 생각하며 헤어질 수도 있는 것이다.

오늘 광풍같이 다미에게 불어닥친 바람은 서글픈 이별이 아니고 서러움이었다. 아줌마가 다미에게 소년을 추켜세우며 하여준 몇마디의 말들은 다미 역시 얼마든지 공감할 수 있는 것들이다. 그렇치만 소년이 자신에 그러한 우월성으로 다미를 깔보며 우습게 대하는 경우는 없었다. 자주있는 일은 아니었으나 다미가 생각하기에 따라서 소년이 자신을 이성으로 생각하고 있다는 것을 엉뚱한 행동으로 보여줄 때 다미는 그것을 얼마든지 사랑으로 생각할 수 밖에 없었다. 그 마지막 보기가 부푼꿈을 떨리는 가슴으로 오늘 입어보려 했던 남방셔츠의 맞춤이었고 꿈속에서의 창경원 나들이였다.

이날 저녁 어렵게 하루일을 마치고 계절을 잃어 빛바랜 꽃

잎처럼 축쳐진 모습으로 방으로 돌아와 둘둘 말아져 있는 남
방셔츠와 깨어져 있는 인형에 얼굴을 묻고 한없이 괴로운 마
음에 흐르는 눈물을 주체할 수 없었다. 아무리 표현이 없는
장이라 하여도 어떻게 이별을 이렇게 쉽게 할수 있단 말인
가…? 호떡이며 머리핀이며 남방셔츠까지 만들어 사랑을 표
시하여 놓고…?! 너를 만나고 지나온 일년 여 동안을 생각하
면 더 많은 세월을 안살아도 될만큼 그 얼마나 즐거운 나날
이었나…?

　지키지 못할 무슨 약속하나라도- 아니면 다미야 그 동안
나는 너를…하며 단한마디 쯤이라도 할 수 있었을텐데… 설
사 그것까지도 아니된다면 마지막 실날같은 마음으로 건네
는 선물을 왜? 받아주질 못하고 뿌리쳤을까…? 다미는 소년
에 대한 생각의 흐느낌으로 부어오르는 두 눈을 감고 자신에
처지를 소년에게 비교해 보았다. 그 날 다락공장의 달빛창가
에서 서로에 호떡을 주고받아 떼어먹으며

　"너는 왜? 혼자 살게 된거야?"

　하고 소년이 다미에게 물었을 때 다미는 주저없이

　"어- 나는 업동이래"

　하고 입안에 호떡을 오물거리며 누가 나를 낳아서 생년월
일만 적은 쪽지와 함께 포대기에 싸갖고 김포에서 자식없이
살아가는 노인부부 양부자집 대문앞에 놓고 갔데 그러다가
내가 다섯살때 우리집에서 조금 떨어져 살고있는 고모집에

놀러가서 하루밤을 자고 오는날 우리집 안채에서 불이 났는데 엄마, 아버지가 노인이다 보니까 재산이 불타는 걸 보고 그 불을 끄려다가 데신 상처가 심해서 병원엘 가셨는데 열흘도 못사시구 돌아가셨데 그러구 우리집은 어떻게 되었는지 모르구 나는 그 고모집에서 살으며 있는데 이년있다가 고모가 돌아가신거야 그 후로 그집에서 그냥 일하면서 있다가 이런 사실도 들어 알게 된거야- 장이야 나 불쌍하지…?"

하고 호떡을 떼어 천천히 씹으며 무심코 듣고 있는 소년에게 부끄러움 없이 얘기하는 다미가 부드러운 겨울 달빛 창가에서 소년을 생긋히 바라보고 묻자 "불쌍하긴… 그런사람 많은데 뭘…"

이라고 대답하는 소년에 소리를 들으며 "지금은 얼굴생각이 잘 안나지만 그래도 엄마, 아버지가 고마워 나한테 예쁜 이름을 지어주셨으니까… 양다미- 장이야 내이름 예쁘지…?"

라면서 또 다시 물었을때 "으-음 그렇구나- 그래서 학교엘 못가고 글을 못배웠구나"

하고

"어-어예뻐"

하며 나직한 목소리로 중얼거리듯이 얘기했었다. 지금 생각해보면 그 날 달빛 창가에서의 소년에 표정은 어린시절의 불우한 얘기를 아무렇치 않게하는 다미를 불쌍하게 생각하고 애정어린 눈빛으로 바라보았던 것 같았다.

지금에와서 그 생각을 하니 어떤 거지에 출생과도 같은 것을 부끄러운 줄 모르고 신나게 떠들어대며 얘기하던 자신을 장이는 과연 어떻게 생각하였을까…? 아! 나는 그 사실이 무엇이 그렇게 자랑스러운 것이라고 그렇게까지 얘기하였을까-그냥 모른다고 하였으면 되었을 것을-하고 후회하면서도 아니야- 장이가 그런것 같고 나를 생각하지는 않아… 내가 숨김없이 얘기하는 걸 얼마나 좋아하는데… 그리고 먹을거 갖다주는거 말고는 모두 다 내마음대로 하게 했잖아 속옷을 빨아서 갖다 놓아도 불평하지 않았잖아… 아-그래도 아줌마가 하신말씀 이군은 똑똑한 사람이야 훗날크게 성공할거야… 그 말을 생각하면 맞아- 나 같은 사람이 어떻게 장이를… 장이도 나를 그렇게 생각 했으니까 떠나간다는 이야기도 안하고 마지막으로 주는 선물인데도 뿌리친거야 떠나간다는 것을 내가 알으면 내가 어떻게 할까봐 나한테는 얘기 안한거야…

다미는 남방셔츠위에 쓰러져있는 깨어진 인형을 두손으로 깜싸들고 가슴에 품어안고서 진짜로 우리 두 사이는 이렇게 깨어진 것일까…?! 부모형제도 없고 국민학교 교육도 못받은 나같은 것을 장이는 떠나가면서 정말로 잊으려고 하는 것일까…? 다미는 소년에 대한 열 가지 백 가지 생각으로 솟아오르는 눈물과 함께 그 생각에 깊이는 더욱더 깊어지며 아-어느때는 엄하게 훈계하는 선생님 같을때도 있었고 어느 때는 자신이 장난을 걸으며 소년에 곁으로 바싹 닥아가면 에헤이-하고 빙긋이 웃으며 남녀칠세 부동석이라니까 라고 하면서 바느질감을 들고 장난에 보조를 맞추며 반대편으로 달아나는 때도 있었다. 하물며 어제는 장이가 꼼짝못할 정도로 끌어안아 있기도 했었는데… 그러면 그러했던 자신에 행동들이 경박스럽고 겸양스럽지 못한 것들이어서 오늘에 이유가 된 것일까…? 라는 생각도 해보지만 소년이 언제 한번이라도 자신을 무시했던 말이나 행동을 기억해 낼 수가 없었다. 차라리 소년에 그러한 언행이 한 두번이라도 있었다면 그것을 이유로 하여 눈물에 양을 줄이고 좀더 쉽게 잊혀질수도 있을 것 같았지만 첫 만남에서 지금까지 잊혀질 수 없는 진실로 즐겁고 행복한 순간순간 만이 새록 새록 되살아날 뿐이었다.

다미는 소년에 대한 생각과 사랑으로 미칠것만 같았다.

왜? 어떻게 한마디 말도없이 떠났을까? 선물까지 뿌리치면서 정말 나를 잊으려하는 것일까? 내가 그렇게도 미웠단 말인가? 설사- 설사 그렇다 하여도 네가 없는데 네가 보고 싶어서 내가 어떻게 여기서 살아갈 수 있단 말인가- 장이야- 장이야- 나는 이제 어떻게 해야한단 말인가…

다미는 복받쳐 오르는 눈물을 손등으로 훔쳐내며 옷상자 깊숙히 넣어둔 손 지갑을 꺼내들고 방문을 열고나서 안방문 앞으로 닥아가 문을 두드렸다. 잠옷차림으로 방문을 열고나온 아줌마에게 얘기하고 가게 밖으로 나와 찾아간곳은 김포에 있는 성당이었다. 다미가 보려하는 수녀님은 새벽 네시 미사 기도중이였지만 열려있는 성당에 문을 밀고 들어간 다미는 신부님앞에 무릎을 꿇고

"마리아수녀님, 이민간 사모님에게 전화좀 해주세요"

라고 하면서 발아래 엎드려 어깨를 들먹이며 흐느끼는 모습에 놀라워하는 수녀님이

"그래- 그래 알았어 다미야 일어나렴. 집무실로가자 거기서 통화하자꾸나"

오십대 후반의 수녀님은 허리를 굽혀 다미의 두 손을 잡고 일으켜 주며 따뜻하게 품에 안고 조용한 음성으로 얘기하는 것이다. 날이 밝으려면 두 어시간은 더 있어야 할 새벽에 이 어둠을 헤치고 별안간 찾아온 다미에게 사연을 물어볼만도 하였겠지만 우선 목마른자에게 물을 주고나서 물어보아도 될것 같은 생각에 이탈리아 밀라노에 살고있는 사모님에게 전화를 넣어 인사를 하고 다미가 통화하기를 원한다면서 수화기를 다미에게 건네주자

"여보세요-다미니?"

라는 사모님에 목소리가 들리는 순간 이 시간이 되도록 참고 참았던 서글품이 폭포수처럼 터지며

"아줌마 저좀 데려가 주세요- 아줌마 저좀 데려가 주세요- 무슨일이든 다할께요- 아줌마 저 죽을것만 같아요- 아줌마 저- 좀…데-려"

다미는 울음이 복받쳐 오르며 온 몸이 경련을 일으키듯 물결같이 흔들리면서 끝말을 맺지 못하고 얼굴이 파스르름 해지면서 온 몸에 기운이 빠지는듯 비틀하드니 두 손으로 감싸쥐고 있던 수화기를 떨어트리고 그 자리에서 주저앉으며 실신하고 말았다. 다미의 애절한 흐느낌속의 비극에 드라마 같은 장면을 바로 곁에서 생생히 보고있던 마리아수녀님은 빠른 동작으로 다미의 가슴에 성호를 긋고 어느 사이에 나와 있었는지 젊은 수녀 두 분의 도움을 받아 자신의 침실에 다미를 눕히고 간호사 출신의 수녀님이 출동되어 안정을 취하게 조치한 다음

"글쎄요 무슨 일인지 나도 아직 영문을 모르겠어요"

하고 지금 다미의 사태에 궁금해 하는 젊은 수녀님들께 얘기해주면서 놀란 가슴을 쓸어내렸다. 이 후 김포성당의 영역 안으로 찾아들은 슬픈 눈으로 아름다운 가련한 소녀의 사태에 대한 수사가 마리아수녀님의 역학적인 방법으로 이루어지면서 용의자는 나타났으나 마리아수녀님의 수사권 밖에 있다는 것을 알고 이제는 기력을 조금 회복하여 삼시 식사도 조금씩하는 다미에게

"누구에게 사랑을 주고 싶어 하는 이는 자신이 힘들고 괴롭드라도 그 생활이 행복이고 살아가는 이유가 되겠지만 그 사랑에 값어치를 모르는 이는 아무런 의미가 없을 수도 있는 거야 더구나 두 사람이 아무런 사랑에 고백도 없었다면 더욱

의미가 없겠지"

라는 얘기를 성모마리아님의 음성으로 얘기해주고 이십여

일의 시간동안 흐느끼며 애원하던 다미가 걱정되어 가슴 앓이

를 하고 계시는 이태리의 사모님과 수시로 연락하며 다미의

이태리로의 입성준비를 완료하여 내일 새벽 두시삼십분 비행

기에 탑승하여야 한다고 다미에게 얘기해주고 마리아수녀님

의 검은 망또를 활짝 열어 그 따뜻한 가슴에 다미를 품어 안

았다. 김포성당의 마리아수녀님의 말씀대로 자신에 대한 다미

의 진실되고 헌신적인 사랑에 아무런 의미도 부여하지 못하는

소년은 예고없는 이별에 쓰라린 가슴을 부여안고 비행기에 몸

을 실은 다미가 천리 타국으로 떠나간 오늘아침!!,

8.

고향 읍내 역전사거리에 다섯평이 될 되는 점포안에 미싱

옆으로 나란히 차려진 양복작업판 위에 엄마가 정성스럽게

준비한 고사떡 시루와 정안수를 올려놓고 "비나이다 비나

이다 우리 손자가게에 손님이 많아서 큰 돈을 벌게 해 주시기를 간절히 비나이다"라며 할머니가 두 손바닥을 비비며 세번 허리를 굽혀 정성스럽게 절을 올리고 나서 소년의 가게에 문을 열었다. 앞날을 알 수 없는 두 사람의 갈림길에서 마음에 상처를 끌어안고 그 어느 누구에게라도 구원을 청하여 새로운 삶을 시작하려 떠나는 소녀와, 일반군중들과 같이 젖어 행진하는 것을 거부한 소년이, 본의 아니게 보이지 않는 두 사람에 운명에 시작선을 그어놓고 같이 출발을 한 것이다. 다미에 그 큰마음에 상처를 알리 없는 소년은 아직까지 자신에 생각과 틀린 것이 없었던 것처럼 가게문을 열고 사흘 정도가 지나자 세탁물이 들어오기 시작하였다.

세탁소로 간판을 걸은 것은 역시 소년에 순발력이었다.

읍내에서 소년이 양복기술자라는 것은 소년을 아는 사람이라면 다 아는 사실이었고 세탁소에서 옷 수선을 해준다는 것은 손님들이 이미 알고 있는 사실이었다.

소년이 옷을 세탁할 수 있는 기술은 없었으나 들어온 세탁물을 꼬맹이 시절부터 알고 있는 철길 건너의 왕 세탁소 아저씨에게 갖다주면 서운하지 않게 수고비를 떼어주고 말끔하게 세탁을 히여다 주는 것이다.

물론 세탁이 전문기술은 아니었으나 세탁물을 맡기러 오시는 손님에게 양복에 관계하여 무엇이라도 얘기 할 수 있는 소년은 어느 사이 오래전부터 자기가 세탁일을 해온 사람같

이 얘기하면서 설명을 해주면

"아- 그래요- 잘좀 해주세요"

하면서 세탁물을 맡기고 가는 것이다. 소년은 그 뿐만이 아니라 옷이 세탁되기 전에 바느질 실밥이 터진곳이 눈에 띄거나 단추가 있어야 할 곳에 단추가 없으면 손님에 부탁이 없었든 곳이라도 스스로 꿰메어 주었고 딱히 맞는 단추가 없으면 비슷한 단추라도 구하여 달아주면서 손님이

"어머나… 이것도 손질 해 놓으셨네요?"

하면서 수고비를 물으면 일 년여 동안 서울에서 익힌 말솜씨로 아닙니다 그냥 가셔도 됩니다. 하고 내어주면 손님은 고맙게 생각하고 다음에는 두 가지 일감을 갖고와서 맡기는 것이었다.

가게문을 열은 후 얼마되지 않아 칠 팔월로 들어서면서 세탁물은 거의 없다시피 하였지만 읍내에 있는 양복점에서 가끔씩 나오는 와리먹기의 일감과 새롭게 얼굴을 익혀가는 손님들이 들고오는 수선일감이 소년에 일손을 적당히 움직이게 하면서 드디어 소년이 가게를 갖어야 겠다는 동기부여를 시킨 사지쓰봉(바지)에 수선일감이 들어올적에는 그 바지를 틋는 일이 집안일이라도 되는 양 엄마도 동생들도 모두 참여하며 머리를 맞대고 신중하게 작업에 임하는 것이다.

엄마의 하얀 쪽배에서 내려 어느 유성에 위치와 흐름을 경험하고 다시 돌아와 앉으려하는 그 자리는 팽팽히 비좁아져

있었다.

제지공장의 화물트럭 꼬맹이로 다니고 있는 바로 밑의 남동생이 사지쓰봉의 실밥을 떼어내며 회사의 십이톤 화물트럭이 펄프다발을 몇 개 싣고 어데를 다녀오며 미국에 링컨대통령같이 광대뼈가 툭튀어져 나와 있고 콧수염 없이 턱수염만 기르는 팔톤기사 아저씨는 평소에는 다정한데 성질이 불같아서 기분을 잘 맞추어야 된다는 등 입심좋게 얘기하는 그 사이를 비집고 들어와 이제는 키가 훨칠하게 자란 육학년의 동생이 내일 모레 여름방학이 끝나며 개학하여 등교할 때 동아전과 수련장 값을 엄마에게 주문하는 것이다.

아직까지는 죽솟단지와 죽대접의 그림자가 지워지지는 않았지만 그 죽솟과 죽대접을 뒤로하고 찌들은 가난의 굴레와는 상관이 없는 듯이 엄마의 아씨시절에 이목구비를 빼어 닮아 아라비안 아가씨라는 동네 아줌마들의 이름을 갖고 자라나는 늦년이는 어느 사이 국민학교 2학년을 다니며 엄마에 노점상과일가게로 또 새로이 눈요기거리가 되어진 오빠에 세탁소 가게로 드나들면서 보고 들은 것을 할머니 집에 들러서 점심이라든가 군것질 먹을 것을 대접받으면서 집안의 대소사를 묻는 할머니에게 눈꼽만큼도 거짓없이 보고 하여주는 것이다.

요 작은인형 같은 귀염 덩어리를 바라보는 할머니도 무겁게 느껴질 정도로 활같이 휘어 까맣고 길은 속눈썹을 깜박거리며 보고하여 주는 내용중에서도 궁금한 것은 단연코 수선 가게의 일감이었다.

손녀가 보고하여 주는 내용은 계절도 계절이었겠지만 여름 방학이 시작되기전에는 일감이 조금 있었는데 여름방학이 끝나는 요즘에는 엄마하고 오빠가 저녁에 도와주며 저녁 늦게까지 하여도 일감이 밀려있다는 손녀에 보고는 할머니가 엄마에게 물어보는 사실 확인으로써 증명이 되면서 까만 철사 머리핀 두 개로 댓가가 지불 되고 내 딸네미 새끼들이 끼니를 거르는 일은 없겠다는 생각을하고 마땅한 혼처가 나왔어도 동생들의 뒷바라지 때문에 내보내지 못했든 둘째 손녀를 엄마의 비좁은 하얀 쪽배에서 내려 줄 것을 엄마에게 권하여 남들과 같이 제대로 혼수는 갖추어 주지는 못하지만 그 때를 놓치면 평생을 생활하며 못 올릴수도 있는 혼례식만은 드레스를 입혀 머리를 올려 그리 먼곳은 아니지만 이웃 대전 지역으로 출가를 시키고 엄마에 분신같은 막내 딸네미는 친정엄마의 품에서 지내다시피하고 덩글덩글한 아들만을 옆에 뉘이고 첫날밤을 보낼때에는 이십오년이라는 세월을 찌질하게도 고생만하다가 이렇게 여자의 숙명으로 떠나간 딸네미가 왜그리도 눈에 밟히는지…

그 어린 머리위에 무엇인가 보따리를 이고 목발을 짚고 앞서가는 제 아버지를 따라 다니든 모습이 새삼 떠오르며 양눈가로 더운 눈물을 흘려내리며 잠을 청하였다.

세탁소는 그 해를 넘기면서 완연하게 정착되었음을 알 수 있는 것이 처음 세탁물 갖고 찾아오던 손님들이 어렵게 생각되는 양복수선도 말끔히 하여 놓은 수선물을 찾아가면서

"오- 그것참 깔끔하게 잘해 놓으셨네 양복점에서 한것과 다름 없는데"

라면서 마음에 들어하는 흐뭇한 표정으로 중얼거리면 옆에서 실밥을 타고 있던 엄마가 순간 머릿속에서 전광석화 와도 같이 기회를 포착하고 튀어나오면서 외모로부터 그러시는거와 같이 조용히 입술을 떼며

"마음에 들으셨어요? 본래 얘가 서울에서 양복재단을 하면서 기술자로 일을 하다가 집안에 사정이 있어 이렇게 내려와 조촐하게 가게를 내었답니다. 자주찾아주세요…"

하면서 얘기하는 것이다.

그렇게 다녀간 손님들은 차츰차츰 이 소년에 정체를 입소문으로 알아차리면서 바지감이라던가 양복 한벌감을 직접사들고 와서 공임만을 맡기는 일감이 늘어나 항상 열흘이상의 일감은 지체되어 있었으나 기술과 신용으로 무장한 소년의 운영방침에도 몇시간 아니면 반나절 정도의 실수가 가끔씩 있으면서 밤늦게 까지라도 일을하여 손님과의 약속을 지키려고 최대한의 노력을 하였다.

오늘은 엄마가 이 새끼들을 데리고 왜? 죽지 않고 더 살아가야하는지 희망과 걱정이 함께하는 아침이었다. 그 옛날 갓

난이를 등에 업고 소년을 깨우던 모습과는 다르게 가벼운 홀
몸으로 어제도 역시 자정이 다 되어서야 집으로 들어와 이부
자리 한쪽 끝에서 아직 곤히 자고 있는 소년에 어깨를 한번
흔들어 인기척을 내고

"장이야 엄마 먼저 가게로 나갈테니까 조금더 자고 일어
나서 아침 밥상 차려 놨으니까 밥먹고 나오도록해" "예 알
았어요 엄마 옷은 다된것이니까 입히면 되요" "응 그래 알
았어 어서 조금더 눈좀붙여 엄마 먼저 나갈게"

라고 하시며 일어서는 엄마의 움직임에 진작에 나갈 준비
를 끝내고 옆에 서있던 막내아들이 방문을 열어주자

"그래도 오늘날씨가 풀려 푸근하니까 다행이네- 어서가자
할머니가 기다리시겠다…"

하며 방문을 열고 나서는 엄마에 뒤를 따라 나오는 막내아
들의 머리 위에는 중학생을 상징하는 학생 모자가 씌워져 있
었고 한쪽 손에는 중학교 일학년 책을 받아 담아올 옅은 쥐
색과 진한 황토색으로 무늬가 들어가 있는 새 책가방의 손잡
이가 움켜쥐어져 있었다.

두 모자가 토담집 마당을 지나 걸어나온 작은 골목길에 이
어져있는 신작로의 양쪽 갓길에는 제지공장으로 출근하는
사람들과 통근열차가 멈추는 역전이 있고 시장과 학교가 있
는 시가지 쪽으로 향하는 사람들이 설날을 지낸지 얼마되지
않은 정월 달 추위의 아침에 몸을 움츠리고 가끔씩 아는 사

람을 만나는 듯 안녕하세요? 작은 인사소리도 들리며 제각기 오늘 하루의 시작시간에 맞추려 종종걸음을 재촉하는 이 길은 불과 몇 년전 엄마가 머리에 옹기를 이고 뒷모습을 보이면서 멀어져 가는 엄마에 그 뒤의 길바닥에 주저앉아 양 발뒷꿈치를 땅바닥에 비비면서 크레용값을 달라고 악을 쓰던 형이 있었고 동아수련장의 책값에 배움의 날개를 접었던 소년이 녹아내린 아이스케키가 들어있는 누런 종이 봉투를 손에 들고 타박 타박 집으로 향하던 소년이 있었다. 그 소년의 배움의 날개를 꺽어버렸던 동아전과 수련장(참고서)의 책값에 한이라도 풀듯이 할머니와 엄마, 누나, 형의 집중적인 투자가 이루어 지면서 고래등같은 부자집의 아들같은 대접은 아닐망정 국민학교 6학년에 전 과정의 비용을 거리낌없이 해결하여 주는 것에 보답이라도 하는 듯이 막내아들은 적어도 엄마 살아 생전에는 이루어내지 못할 것 같았던 중학교 입학시험에 떠-억 합격하여 입학식이 있는 날이다. 또한 막내아들의 입학식에 앞서 입학생에게 착용되어야 할 멋진 중학생복 아래, 윗도리가 양복기술자인 형이 밤늦도록 애써서 만들어 놓은 것이다. 엄마와 할머니는 가슴이 메어지도록 뿌듯한 오늘에 이 행복감을 밝은 웃음으로 막내아들과 막내딸의 등교길을 재촉 할수도 있었으련만 인간사는 호사다마(好事多魔) lights are usually followed by shadows……

　엄마가 막내아들을 앞세우고 할머니 집 마당에 들어서자

벌써 일년이 다되어가도록 혼자 사는 할머니의 휴식공간의 산소와 같이 생활하는 막내 딸내미가 목도리가 달린 하얀 앙고라 털모자로 무장을 하고 학교에 갈 준비를 끝낸 모습으로 엄마, 오빠를 기다리고 있었다는 듯이 마당가에로 서성이고 있다가 엄마가 들어서자

"엄마"

하면서 기다리던 반가움이라고나 할까 어리광이 잔뜩한 목소리로 몸빼바지 품으로 달려드는 것이다.

"으-응 그래 추운데- 왜 나와있어? 밥은 먹었어? 할머니는 방에 계셔? 응 엄마 그런데 할머니가 옷이 바뀌었어, 오빠 입학식에 가니까 좋으신가봐 머리도 참빗으로 싸악 빗으셨고 낭자하고 비녀도 꽂고 두루마기도 입으셨어"

어느 사이 엄마의 등에 업혀 대 여섯 발자욱 안방앞 마루로 향하는 엄마의 등에서 목을 끌어 안고 할머니의 평소와 다른 패션을 보고 신이난 듯 엄마에 귓청이 울리도록 재잘거리는 것이다. 곧 이어 동춘서커스단 연극무대의 커튼이 열리는 모습같이 할머니가 마루 위쪽으로 내어 있는 안방문을 열고 나오시며

"애미 건너온겨? 딱 맞추어서 건너왔네 근디 모처럼만에 차려 입었드니 몸이 죄는 것 같구 영 이상하네 니가 한번 살펴봐 이상한데는 없는지"

할머니의 아름다운 오늘 단장은 엄마도 그 모습을 잊은지

오래였다. 친정엄마 아버지가 쓰시던 놋쇠로 만들어진 밥그릇이며 국그릇 수저 까지도 돈이 될만한 것들은 지나간 세월에 그 가치를 써버린지가 오래전 이었다. 지나간 세월을 어떻게 이야기 하여야 할까? 어쩌다가 하나있는 살붙이에 운명이 꼬이면서 그 소용돌이에 휘말려 지내다보니 육십을 넘기는 할머니가 되어 손등은 붉고 거칠어져 있었지만 오늘 같은 날은 내 손자새끼들을 위하여 단장을 하여야 했다. 할머니는 그동안 어딘가 깊숙이 넣어두어 잊고 있었던 진한 곤색 베로도 치마 저고리를 찾아내어 안에 입으시고 북청색 두루마기 위에 하얀 마구자를 두른 모습으로 노파의 수줍은 웃음을 지으며 엄마를 내려보면서 얘기하는 할머니를 보고

"엄마- 그옷이 아직 있었어요? 지금 그렇게 입으시니까 옛날 엄마를 보는거 같네…요"

오래간만에 옷단장을 하고 어색해하며 얘기하는 친정엄마의 모습에서 조금이라도 남아있는 옛날 지주 부인의 품위라도 보는 듯이 얘기하는 엄마는 친정엄마에게 또 다시 미안하였다. 아직도 하나있는 딸자식은 오늘도 엄마에 힘을 빌어 하루를 시작하여야 하는 불효를 서슴치 않고 그 일을 수행하는 엄마는 그 딸자식의 끈을 끊지 못하고 잊고 살던 옷단장까지 하며 즐거워하고 있는 것이다.

"아이고- 느 형이 기술자는 기술자 인가보다 어떻게 요렇게도 딱맞추어 이쁘게도 해 놓았네… 아이고 늠름해라, 그려

- 너부터라도 아버지만큼 배워가지고 집안을 일으켜야지- 그려- 변호사, 판사해야지"

할머니는 검정색의 중학교복을 차려 입은 손자를 요리조리 애정어리게 살펴 보면서 어떠한 성취함과 기대에 찬 얘기로 좋아하는 것이다. 그러나 큰 딸이 결혼하여 나간뒤로 육남매를 기르면서 십년이 넘도록 자식들에 중학교 진학은 꿈도 꾸어보지 못했던 엄마는 내 가정의 앞날에 희망이 될수 있는 행사에 안쓰럽게도 참석하지 못하고,

"운동장 사람 많은 곳에서 할머니가 걷기가 나쁠테니 할머니 손잡고 먼저 자리에 앉혀 드리고 네 자리로 가야돼 알았지?"

하고 의젓하게 교복을 차려입은 아들에게 할머니의 안전을 부탁하고

"엄마- 나는 저 위 역전으로 가서 통근열차타고 다녀올테니까 입학식 끝나고 집에가실 때 천천히 가세요 서두르지 마시고"

할머니에 뒷모습을 보면서 두루마기곁의 몇가닥 머리카락을 떼어내며 엄마가 얘기하자

"그려- 차놓치면 안되니께 어여 나가봐 어째 그렇게 큰거하고, 작은거하고 다른지 모르겠다 제동생 반만 따라가도 괜찮겠구먼…"

방금전까지 기뻐하던 표정에서 근심어린 표정으로 혀를 차

면서 세탁소 미닫이 문을 밀고나가는 엄마에게 할머니가 걱정스럽게 얘기하는 것은 근처 도시 식당에서 일을 하고 있는 소년에 형을 두고 하는 소리였다. 잘 될 나무는 떡잎부터 알아본다는 말이 소년에 형을 두고 하는 말이나 되는 듯이 이제는 자신보다 삼사년의 선배격이라 하여도 무엇으로도 겨룰만한 체격이되고 힘이 되는 이십대의 청년으로 들어서자 그옛날 학용품값으로 엄마에게 찝자붙던기가 더욱 성장하여 내가먼저 잘못하지 않는 한 상대가 나를 무시하거나 음해하는 것을 대수롭지 않게 보아넘기는 것이 아니고 기어코 투쟁을 해서라도 원인분석을 하려는 성격을 유지하려다 보니 좌우손발을 조금씩 빠른 동작으로 하게되고, 더구나 그러한 시비거리가 비일비재하게 일어날 소지가 많은 역전 주변의 중화요리 식당 배달팀장이다보니 역전 광장의 공중화장실 뒷쪽 공터 출입이 잦아들게 되었다.

벌써 두 번이나 과일 노점상을 옆의 아줌마에게 부탁하고 첫 번째는 할머니한테 급하게 부탁하여 치료비 삼만원을 준비하여서 형한테 다녀왔고 두 번째는 삼만원을 일수돈으로 빚을내어 형한테 다녀온지가 이제 석달이 조금지나 일수카드에 도장 찍는 것이 끝나가자 새해들어 첫 번째로 비상사이렌이라도 울리듯이 또다시 이틀전에 연락이 온 것이다. 그래도 지난해에 두 번까지는 토담집에 이웃하고 있는 장순경아저씨가 형을 붙잡고 있는 시내의 파출소에 직접 찾아가 신원

보증을 서면서 치료비를 주고 간단하게 풀려나왔는데 이번 세 번째에서는 상대가 많이 다친것도 이유지만 벌써 세 번째라서 동네 파출소에서 해결을 못하고 본서로 옮겨져 다시 대기상태로 있다가 구치소 대기실로 옮기고 오늘이 면회가 허용되는 날이라서 엄마가 아들에 입학식을 할머니에게 부탁하고 형을 만나러 가는 것이다. 엄마는 큰아들에 전과기록을 막기위해 두 번의 사건보다도 세배나 많은 치료비 합의금을 피해자 쪽에서 요구하는 십만원을 할머니에게나 세탁소의 아들에게 의논을 한다 한들 그렇게 큰 뭉칫돈을 내어놓을 여력이 없으면서 큰 손자와 형한테 어쩔수 없이 한숨섞인 원망의 눈치만 주며 안타까운 마음만 있을거라는 생각에 엄마가 아는 주변사람들의 생활이 이심 전심으로 그러하듯이 한사람 보증을 세워 한번 더 육개월 일수로 갚아나갈 것을 약속하고 합의금을 만들어 몸빼바지 깊은 속주머니에 넣고 나선 것이다.

할머니와 엄마의 철통같은 형에 대한 보안속에 세탁소 소년은 자신의 평범한 체격에 비해 할아버지를 닮아서 월등히 체격이 커다란 형을 은근히 믿으며 시내 어느 식당에서 일을 하면서 음식을 만드는 기술도 많이 배웠다는 정도만 알고있을 뿐 엄마에게 얼마의 돈이라도 벌어다 주는지 아니면 뜯어가는지 엄마가 얘기하여 주지 않는 한 몰랐고 알려고 묻지도 않았다.

이 나라에서 제일 큰 담배공장이 있고 소년이 태어난 해에 지어진 제지공장과 최근에 준공한 커다란 방직공작 등 크고 작은 기와공장이며 벽돌공장이 있는 읍내는 아직까지 포장 되어진 아스팔트 도로는 없었어도 소년이 유년시절 성장하 면서 흔하게 보았던 여러 가지 생활품이라던가 한 두사람이 운반하지 못할 만큼의 건축자재 같은 화물을 사십여리 정도 떨어져있는 대전에서 이곳 읍내로 크고 작은 자갈이 박혀있 는 신작로 길을 따라 따각 따각 말 발굽 소리를 내며 들어오 는 마차는 점점 사라지면서 시발택시가 눈에 띄고 금방이라 도 옆으로 쓰러질 것 같은 삼발이 자동차로 바뀌어 가면서 동네 골목길을 누비고 다니며 황토먼지를 일으켰지만 주민 들은 일어나는 순수한 황토먼지를 싫어하지 않고 길가에로 조금씩 흐르는 도랑물을 작게 둑을 쌓아 막아놓고 고무바가 지에 손잡이를 길게 연결하여 고여진 허드레물을 퍼서 길바 닥에 뿌리며 일어나는 먼지를 받아들였다. 아직 아스팔트에 오염되지 않은 황토먼지는 이 고장의 경제발전의 상징이라 생각했기 때문이다.

따라서 소년은 고립, 그 시절의 나이에 순리적이지 못할 수도 있는 넘쳐나는 일감에 고립이었다. 조금씩 늘어나는 공 장의 직원들은 철길건너 시장쪽에 세 군데, 소년의 가게가 있는 역전사거리 쪽의 다섯 군데 양복점에 나름대로 단골을 정해놓고 드나들며 가게안에 걸려있는 양복감을 택하여 옷을 맞추고 양복점 주인들에 대접을 받으며 양복만드는 기술자들의 일손을 바쁘게 하였다.

　소년의 남다른 생각으로 이미 독립하여 자신의 가게에서 일을 하고 있는 소년은 양복점에서 부탁하는 와리먹기 일감만 갖고 한다면 저녁 조금 늦게까지 적당히 조금씩 쉬어가며 하여도 되었으나 어쩌다가 수선과 세탁을 전문으로 하는 가게로 open하여 시작하다보니 그 일감이 끊이지 않을 뿐 아니라 늘어나기만 하고 그 손님들에 입소문이 좋다보니 양복 맞춤 일감에 재단을 하면서 양복깁는 바느질 일까지 감당하면서 손님들의 약속날짜를 맞추려니 고단하였으나 내심 자신의 생각이 맞았다는 성취감에 보람을 느끼는 것으로 헤쳐나가며 날마다 파김치가 되면서도 넘쳐나는 일감의 고립을 피하질 않고 소년과 어린성장기의 운명이 뒤바뀌어진 것 같은 친구를 선도도 할겸 밀려오는 바쁜 일감의 해결사 역할을 시키기로 하였다.

　소년의 토담집 골목길을 나와 신작로 건너에 있는 제지공장울타리 왼쪽곁으로 넓은 마당에 토담집 세 채만한 크기의 검정 기와집에 마당가에로 큰 방이 세 개가 내어있는 사랑채까지 있는 집이 있는데 이집 큰 아들이 소년과 5학년까지 같이 학교에 다녔던 동기 친구였다. 이 친구에 집안 식구들은 집의 규모에 걸맞게 할아버지, 할머니, 어머니, 아버지께서 온전히 살아계시고 누나 한 명과 여동생, 남동생, 한 명씩이 있으며 아버지가 제지공장의 간부였다. 굳이 두 집안의 가정경제 레벨 level과 집안 생활수준을 비교한다면 보석을 금고 안에 보관하고 주방에 삶아진 소고기가 남아있는 집과 쌀독에 쌀겨가루도 남아있지 않고 부엌의 밥솥단지에 피죽 한 대접도 남아있지 않은 턱도 안되는 비교 수준이었다. 요약한다면 많이 갖고 있는 집과 하나라도 갖고 있지 않은 집의 차이였다.

타고난 운명에 인생살이가 항상 엇박자가 나듯이 책가방을 들고 학교가는 것이 죽기보다 싫었고 책보는 것을 송충이 보는 것보다도 더 멀리 하는 것을 원하면서 일찌감치 사회생활 실전교육에 투입되어 자유스럽게 생활하는 것 같아 보여지는 소년을 노골적으로 부러워하며 곁에 있고 싶어했다. 그러다보니 친구에 속일수 없는 실력으로 읍내의 중학교를 겨우 나와 대전에 있는 어느 고등학교에도 진학을 못하고 부모에 애타는 심정과 약간의 기부금으로 하소연하여 읍내에서 멀리 떨어져 있는 시골 실업고등학교에 입학하여 열차로 통학을 하면서 지금 2학년에 다니고 있는데 소년이 읍내사거리에 점포를 열고 부터는 학교시간외에는 소년이 하고 있는 일을 배우겠다고 하면서 소년의 곁을 떠나지 않는 친구의 모습을 옆에서 보게되는 소년의 엄마가

"네가 그러면 장이가 네 부모님한테 미움받을 수도 있어 그러니까 가끔씩만 놀러오고 공부에 신경 쓰도록 해야지…"

라고 단추를 달거나 시침 바느질을 하면서 얘기하면은

"어머니! 괜찮아요 다른데 가는걸 아시면 꾸중을 하시는데 장이한테 간다고 하면 일찍오라구만 하시지 다른 말씀은 안하세요 오늘도 아버지 바지좀 손질해 오라시며 주셨는걸요…"

하면서 엄마가 무엇을 걱정하는지 알겠다는 표정을 지으며 편안하게 얘기하는 것이다. 소년은 이런한 친구를 거부하지 않고 학교 끝낸후에 월요일부터 금요일까지는 가게에 나와도 좋으나 토요일 일요일은 집에서 학교공부를 복습하기로 굳게 약속을 하고 미싱을 쓰는 방법이라든가 금박이로 봉황새 같은 그림이 새겨진 치마저고리의 다림질과 세탁방법등 기본적인 것들을 알려주면서 그때 그때 일감에 따라 수고비도 건네 주고 하였지만, 순식간에 옷세탁 기술을 배워 손님들의 원하는 날짜를 맞추어 주기에는 무리였다. 그것도 고등학교 2학년의 신분으로… 그래도 학교가 끝나면 세탁물 하나라도 기어코 끝내놓으려고 밤늦게까지 소년과 같이 노력하였다.

소년이 이러한 세탁소 가게 안의 생활이 다람쥐 채바퀴 돌리듯이 돌아가는 어느 때 부터인가 집으로 돌아온 형의 모습이 집 안팎으로 가끔씩 보이며 소년의 가게에 들어와 앉아있다가 말없이 나가곤 하였는데 두 형제 사이에 어떠한 이유에 갈등이 있는 것은 아니었으나 워낙 어린나이에 서로의 길을 가다보니 청년이 되어 가면서도 대체적으로 명사를 동원하여 할말만 할 뿐 별다른 대화가 없었다. 언제던가 역시 동생이 엄마에게 형의 근황을 물어본 대답은 요즘 동네 선배들이 나라에서 지원해주는 비용으로 재건대라는 단체를 만드는데 거기서 조직부장이라는 것을 맡아한다면서 몇일 전에는 엄마에게 만원을 건네주면서 쓰라고 하더라는 것이다. 그러한 형은 가끔씩 자신이 입고 사용하는 양복은 아닌 듯 한데 고급스러운 양복을 한 두벌씩 세탁일감으로 갖고 오곤 하였다. 생각하지도 못하였던 형까지 돌아와서 하나의 세탁일감이라도 보태어 주다보니 세탁과 수선이 완성된 의류와 하여야 할 의류가 천정가득히 매달리고 비좁은 가게 이구석 저구석으로 쌓여저 정리를 하여도 언제나 복잡하였다. 더구나 양복한 벌감을 작업판 위에 펼쳐놓고 재단을 할때면 위에 쌓여져 정리되어 있는 것들은 또 다시 여기 저기 공간을 찾아 치우고 다시 쌓아지고 하는 일이 반복되었다. 지금의 이일은 불과 일년전에만 하여도 없었던 일이었다.

"나는 저 사람을 위해서라면 무엇이든 다 할 수 있어 내 마음을 몰라주어도 괜찮아… 내곁에만 같이 있어준다면,

이라는 소녀의 가득찬 사랑속에서 윗 사람이 일감을 주면 주는데로 일을 하면 되었고 내 자유의사에 따라 백화점의 왕 워너메이커의 경영철학도, 링컨대통령의 전기도, 유태인의 교육지침서인 탈무드라는 책을 보려면 보았고, 재단연습을 하기 싫으면 내 의지에 따라 안하면 그만이었다. 그러나 지

금은 나에게로 찾아오시는 모든 손님과의 약속을 내 의지에 따라 내 마음대로 기본적인 사회질서를 안지키면 안되었다. 소년에 위에서 지침을 주는이가 없고 운용하는이가 없으므로 스스로가 스스로를 운용하여야 하는 것이다. 그 스스로에 운용에는 희생이 따라야 했다. 희생?!

소년은 어느 성장시기에서부터 그러했는지 정리가 안되지만 갸날픈 몸매에 꽉끼는 옷을 입고 과일로 비교한다면 잘 익은 살구같은 통통한 두 눈을 깜박이며 한복을 들고 와서 장미 빛 물감을 들인 손가락을 사뿐거리며 치마 저고리를 세탁하여 동정을 달아줄것과 다림질을 얘기하면서 세탁소 주인이 이제 갓 열 아홉 나이라는 것을 눈치채질 못하고 은근한 눈길을 주는 네 집건너에 있는 주점 한성옥 강양의 눈초리도,… 언제나 세탁감을 갖고 올 때면 금방 햇빛을 받고 봉우리를 터트리는 것 같은 상큼한 미소를 띄우며 들어오는 바로 옆 건물 이층에 있는 햇님 다방의 주방장 윤양의 세련된 모습에도 남녀칠세 부동석의 신봉자인 소년이 그녀들을 상대로 바쁜 일감 때문에 데이트 한 번을 못한다는 것이 희생이라고는 할 수 없으나 소년의 가게앞 신작로 건너편의 이발소에서 손님 머리감기와 이발사의 기술을 배우고 있는 같은 또래의 녀석과 철공소의 그 녀석, 목공소의 그 녀석, 파출소 사환으로 다니는 두 살 많은 그 형 이렇게 저렇게 하루일이 저녁 일곱시 여덜시에서 끝나면 이발소가 되었든, 철공소가 되었든 어느 장소에 모여서 짖고땡이도 하고 계란삶아먹기 화투도 하며 서로를 바라보고 키득거리며 이제 배우기 시작하는 여자 생리대를 얘기하고 탁배기도 꿀컥거리며 뻐끔 담배도 하는 모임 장소에 출연하지 못하는 것들……

"야! 장이야 우리 요번주 토요일에 내장산으로 일박 이일 등산가는데 장원양장점 신애가 자기친구 두 사람 더 데리구 온다고 했는데 너도 같이 가자"

는 그 화려한 초청에도 yes를 못하는 것 이것은 자신의 희생이었다.

하물며 이제는 주민증을 받아들어 그 어느 유명한 여배우가 아슬 아슬하게 가슴이 보일만한 옷을 입고 출연하는 미성년자 관람불가편 어느 영화라도 볼 수 있는 자격이 취득되었지만 아직 한번도 관람불가 상태는 자신의 어떠한 욕구를 채우지 못하는 희생이었다.

그러나 희생은 어떠한 방법이든 댓가가 따르게 되어있으며 그댓가에는 돈이 있었다. 세탁과 수선에 일감으로 의해서 또는 맞춤양복의 일감으로 의해서 손님이 내어 놓고 가는 돈은 토담집의 어설픈 빨간기와를 걷어 치우고 새로운 지붕을 씌울만큼 액수는 아니었으나 얼마전 결혼을 하고 눈물을 찍어내며 토담집에 아직도 어린동생들을 남겨놓고 떠나간 누나의 수입이 없어졌어도 남아있는 식구들의 곡식이 없어서 끼니를 거르거나 국수를 삶아먹는 것이 아니고 국수는 먹고싶을 때에만 삶았고 쌀과 보리 한 두말은 언제나 저장할 수 있었으며 특히 두 남매 학교생활은 형과 오빠언니들의 과거와는 다르게 학업에 전념할 수 있는 여건을 만들어 주었다.

9.

이제 읍내는, 읍내주변의 이곳 저곳에서 농사를 짓는 마을의 풍작과 흉작에 관계없이 이리 저리 움직이려는 노력만 있으면 돈을 벌을 수 있는 공사현장이 있었으므로 얼굴을 버젖이 내놓고 거리를 다닐 수 있는 얼굴 두꺼운 실업자는 없었으나 손에 삽자루는 잡기 싫고 돈은 쓰고 싶어하는 저 급한 부류의 사람들이 낮에는 공사현장에서 완장을 차고 일을 시키는 역할을 하고, 저녁이면 읍내의 유흥업소로 화토판으로 이 나라를 다시 건설한다는 구국단체 재건대라는 미명하에 손을 뻗치는데 그 조직에 일원으로 소년에 형이 선배들의 주문에 따라 민첩하게 움직이며 골치아픈 문제를 해결하는 부장역활을 하며 앞장서고 있는 것이다.

그러나 이러한 역할에 일을 하는 형에 대해서 소년은 아는 바가 없었고 역시 형에 대해서 알으려고 하지 않았다.

올해 여름을 보내면서 일감속에 파묻혀 무엇도 모르게 시작한 가게일에서 새로운 경험을 하며 일년 정도가 성도 이름도 모르는 사람들을 알게 되었고 그에 대한 시너지효과로 맞춤양복일감이 늘어나면서 소년은 휴식을 취하기는커녕 밤새워 작업을 하기가 일쑤였다. 과일 노점상의 하루를 정리하고 매일 저녁 시간으로 가게에 나와 바느질감으로 소년을 도울 수 있는 일거리를 찾아보는 엄마는 자신이 할 수 있는 일에 한계를 느끼며 바지기술자 한 사람이라도 채용하면 좋겠다는 생각은 소년과 같았으나 그렇게 하려면 작업판도 늘려야 하고 바느질감을 박아낼 수 있는 미싱도 한대 더 놓을 자리가 있어야 하는데 지금의 비좁은 가게에서는 엄두를 내지 못하고 하루 하루를 안쓰러운 마음으로 아들만 바라보는데 그때 마침… 엄마 친구분에 친구로부터 역전 왼쪽으로 삼백여미터의 옆에 자리잡고 있는 양복점을 인수해 볼 생각이 없느냐는 제의가 들어와 엄마가 이유를 물은 즉 젊은 부부의 관계가 원만하지 않아 어쩔 수없이 가게를 정리하게 되었다며 삼십여벌감의 양복지값만을 직물점에서 갖고 오는 가격으로 계산하여 준다면 마네킹(manequin)두 개 서 있는 진열장과 미싱 두 대 작업판 가게안에 내어져있는 작은 방안의 텔레비전 한대 등 가게안의 시설물은 값을 받지 않겠다는 조건이었다.

엄마에 얘기를 들은 소년은 몇 달전까지만 하여도 와리일감을 받아 해주기도 하면서 그 양복점에 전 후사정을 모르는 바 아니었다. 십년이상의 선배로써 두 살 아래의 아내와 두 살, 네 살의 남매가 있는 선배는 전매청과 제지공장의 노동조합을 통하여 월부맞춤도 하였으므로 항상 일감은 밀려있었다.

그러나 손님과의 관계를 유지하여야 한다는 이유로 낮에는 당구장이나 다방에서, 저녁으로는 장구와 가야금이 준비되어진 곳에서 시간을 보내는 일이 잦아지고 여색을 탐닉하려는 노력이 심해지면서 손님과의 약속날짜가 어긋나기 시작하고 부부관계의 목소리가 커지는가 하더니 아내의 하찮은 질투심이 아니라 아내의 결연한 의지로써 가정을 지키기 위한 방법으로 가게를 포기하기로 한 것이다. 엄마와 소년은 이미 일 년을 훨씬 넘기는 경험을 한것으로 그 양복점을 받아 했으면 하는 마음은 같았으나 문제는…?

양복지 값 이십일만 원이었다. 엄마는 계산을 해보았다. 지난해 합의금으로 빌렸던 십만 원을 일수로 모두 갚고 바로 시작한 하루 이백 원씩 백일동안 불입하는 일수 곗돈을 엄마 생전 처음으로 엄마의 몫으로 사흘후에 이만 원을 받을 수 있고 얼마전에 큰 아들이 건네준 만 원이 그대로 있어 순수 자산 삼만 원이 있었다. 큰 아들의 앞날은 예측할 수 없었으나 둘째 아들은 양복점일로 생사를 걸고 인생을 살아가야 한다는 것이 엄마와 할머니의 지론이었다. 엄마와 할머니는 그

정도의 양복감을 걸어놓고 새롭게 양복점을 시작하려면 못 들어가도 오십만원 이상에 돈이 들어가야 된다는 것을 주위 사람들 이야기로 들어 알고 있었으므로 이러한 기회도 흔하지 않을것 같았고 또한 내년에 군에 갈 나이지만 소년은 초등학교를 졸업하지 못하였으니 군대에 갈 일도 없었다. 엄마와 할머니는 양복점을 인수받기로 하고 십만원은 할머가 월 오부이자로 일 년을 쓰기로 하여 빌렸고 또 다시 모자란 팔만원은 큰 딸이 삼만원 작은 딸이 이만원을 보태어 오만원을 맞추었으며 나머지 삼만원은 백일로 일수를 찍어 갚기로 하고 빚을내어 이십일만원을 건네고 온전한 양복점을 인수하여 작은가게에 있는 모든 것들을 양복점으로 옮기고 갖고 있던 세탁물만을 내어주며 아직도 가끔씩 들어오는 세탁 일감은 조금 떨어져 있는 세탁소에 소개를 하여주고 절실하게 일손이 아쉬웠던 바지기술자도 한 사람 소개를 받아 채용하여 얼마만큼에 일감이라도 해낼수 있는 읍내에서는 뒤쳐지지 않는 양복점을 소년이 갖게 된 것이다. 이러한 소년에 현실은 사실적으로 매우 드물은 일로써 보통사람들 보다 많이 앞서 나가는 자수성가의 모습으로 소년이 원하든, 원하지 않튼 주위의 사람들이 보았을때 기본이 되어있는 성실하고 건강한 젊은이로 보여지면서 어느 날 보였다 사라지고, 사라졌다가 보이는 엄마 집안의 큰 아들 노릇을 대신하는 역할이 되어 있었다.

그러나 소년은 자신에 의지로 생활에 계획을 세워 오늘에 이른것이 아니라는 것을 잘 알고 있으면서 지금은 나에게 주어진 그 무엇? 은 없지만 언제라도 내가 있는 자리에서 일을 하는 수고를 하지 않는다면 바늘 하나라도 제대로 내것이 될 수 없다는 확신에서 움직이는 본능적인 것이었다라고 생각할지언정 소년이 남들과 같이 두리뭉실 어울려져 남들은 저러는데 내가 뭐라고 하는 따위의 자포자기(desperation)에 젖어서 종자를 뿌릴줄을 몰랐다면 과연 오늘 같은 날은 없었을 것이고, 토담집을 드나드는 부끄러움도 언제나 햇볕에 그을려 까무잡잡하여 있는 엄마에 얼굴을 마주하는 것을 남이 볼까 피해다니든 혼자만의 부끄러움도 이제는 양복점을 갖고 있는 사람이라는 말로써 사라져 버리게 되는 것도 없었을 것이다. 소년은 연초제조창의 노동조합장과 제지공장의 조합장과도 인사를 하였고, 양복점 전 주인의 말대로 얼마가 들어가 있는 봉투를 준비하여 두 사람에게 은밀히 전해주기도 하였다.

날마다 이어지는 양복점의 일은 소년의 생각과 말과 행동게 따라 이어지며 최소 이틀에 한 벌의 양복을 만들어 내어야 할 정도에 일감은 주문날짜의 순서에 따라 제각기 다른 손님들의 체형 치수에 맞게 종이 가다의 첫 번째 재단에 이어 양복감위에 가다를 펼치어 촉크(분필)로 선을 따라 긋고 두 번째 재단을 하여 손님과의 가봉 약속 날짜를 맞추기 위해

상의 시침작업을 끝내 놓으면 어느 사이 오전이 지나면서 점심수저를 내려놓은 소년에 일손을 다른 손님의 상의바느질 일감이 기다리고 있는 것이다.

지금보다는 수월했었든 세탁소의 살림살이와는 다르게 커진 살림을 어려울 것 같은 어른 연령층들에 손님들을 상대하면서 벌써 넉 달째를 넘기며 추석대목을 맞이하는 소년을 보는 엄마와 할머니는 아들과 손자에게 기대했던 모든 것들이 한치에 오차도 없이 맞아 떨어졌으나 더 이상 소년에게 숨길 수 없는 것이 가게 빚이었다.

백 일 동안의 삼만 원일수는 아들과 손자의 혹사 스러운 노동의 댓가로 인하여 가뿐히 갚았고 다시 일수를 찍은 것은 할머니가 달돈으로 빌린 돈을 갚기 위한 적금 일수라고 소년이 알고 있는 것과는 달리 또 다시 일을 저지른 큰 아들의 합의금으로 오만원을 빌린 돈을 갚는 일수돈이 었다.

어느 날 저녁 그래도 이 삼일에 한 번씩은 오전이든, 오후든, 가게에 들어와 길은 시간은 아니더라도 담배 하나씩은 피우고 자신에 존재를 알리는 듯이 모습을 보이곤 하였는데 거의 보름 정도 형의 모습이 보이질 않자

"엄마… 요즘 형이 가게에 안들리네요… 어데 갔나요?"

라고 묻는 소년에게

"으-응 그래 시내에 공사장이 있다며 나갔다 온다고 나갔어"

엄마는 조금은 당황해하며 형에 소식을 그렇게 대답하였지만 사실은 양복점을 시작하고 삼 개월이 지나갈 무렵에 몇 개월 조용하던 형이 기어이 대형사고를 내었던 것이다. 형들의 패거리들이 일하는 공사현장에서 다른 패거리들과 시비가 걸려 소위 말하는 패거리들의 패싸움이 있었는데 상대의 패거리는 여섯 명 이었고 형의 패거리들은 세 명으로 힘이 딸리었던지 흉기를 휘둘러 적군들에게 심한 상처를 입히었으니 나라일이었다면 훈장감이었으나 사회질서를 우습게 아는 패거리들의 싸움으로 흉기를 휘두른 댓가로 세 사람이 나누어 해주어야 하는 몫이 이십만원이라는 큰 액수로 또 다시 그 돈을 마련하지 못하면 유치장에서 재판받는 과정을 지나 전과자가 된다며 닭똥같은 눈물을 뚝뚝떨어 드리며 빼어내줄 것을 얘기하는 큰 아들을 엄마는 어찌 외면하지 못한단 말인가?! 그것은 엄마에 살점을 베어내는 고통이 있을지라도 자식의 호적에 몇 대를 따라 다닐지도 모르는 빨간줄을 올려놓을 수는 없었다.

엄마는 어쩔 수 없이 한많은 손때가 묻어있는 토담집을 두 달 후에 비워주기로 하고 십오만원에 팔았고, 다시 일수로 빚을 내어 찍고 있는 요 몇 일전부터 형의 모습이 보이는 것이었다. 엄마에 빚은 그 뿐만이 아니었다. 하루에 과일 세 상자를 팔기 힘든 엄마의 노점상 매출에서 남은 수입으로 중학교, 초등학교에 다니는 학교의 비용이며 유치장에 자리잡고 있는 큰 아들을 보러가는 차비, 가끔이라도 넣어주어야 마음이 편한 사식 따위의 뒷돈을 쓰기에는 턱없이 모자라므로 과일도매가게에 과일값으로 주어야 할 돈을 쓰게 되고 양복점가게에 들어오는 돈을 모두 엄마에게 맡기었다가 필요할 때 가져가는 양복점의 자금까지도 축내게 되면서 그 돈을 아들이 필요할 때 주기 위해 엄마는 번복되는 일수돈을 얻어찍으며 고리대금의 위험속으로 빠져들었으나 아직은 눈치를 챈 것 같지 않은 소년에게 얘기를 할 용기가 나질 않았다. 하지만 엄마에 어려움으로 같이 어려워지게 되어 있는 과일도매가게 아저씨도 단 한푼이라도 요번 명절에 더 많이 수금을 해놓아야 명절후에 과일을 들여 올 수가 있기 때문에 양복점 가게에 들른 것이다.

평소 가끔씩 읍내거리에서 만날 때 과일 도매가게 주인 아저씨라는 것을 알고 인사를 드렸지만 오늘같이 일부러 가게에 오신 것은 처음이었고 오랜만이어서 반갑게 인사를 드리는 소년에게 아저씨는 조심스럽게 엄마에 과일값이 요즘 와서 삼만원을 넘게 밀려있다는 얘기를 하며 반 이라도 결제를 해주어야 명절을 보내고 과일을 들여올 수 있다는 얘기를 하고 결제를 부탁하는 것이다. 엄마가 빚에 대해 얘기를 해주던, 안 해주던 소년에 작은 눈치로도 엄마의 사정을 짐작할 수 있었던 일은 벌써 몇 일 전에도 늘 한복 치마저고리 단장을 하고 다니는 일수 수금 아줌마의 입에서도 음… 오늘 안내면 삼 일째 밀리는건데 라고 중얼거리며 엄마를 보러 가게에 왔다가 엄마를 보지 못하고 가게를 나가는 아줌마에게서도 그런소리를 들은 적이 있었고 여기에서 더욱 더 순수한 가게자금을 막히게 하는 것은 형이 소개하며 보증을 하고 삼 개월의 외상으로 나간 다섯 벌의 양복이 있는데 처음 약속과는 다르게 바쁜일손을 멈추고 세 번 찾아가 한 번 얼굴을 보아야 몇 천 원이라도 받을수 있었고 허탕치기가 일수였다. 소년이 엄마에게 과일가게 아저씨가 양복점에 다녀갔고 일수 아줌마가 삼일 째라고 하던 얘기를 엄마에게 전함으로써 엄마는 아들이 이미알고 있는 사정을 굳이 큰 아들을 들먹이며 전 후 사정 얘기를 할 용기를 내지 못하고 추석명절을 보내었으나 곧 이어 시월이 넘어서며 양복점의 겨울옷감을 준비하여야 하는 아들에게 돈을 쥐어 주어야 하는데 십만 원을 요구하면 오만 원이 부족하고 오만 원을 요구하면 이만 원이 부족하였다. 그리고 양복옷감만 있다하여 옷이 완성되는 것이 아니라는 것을 엄마도 이제는 얼마든지 알고 있었다. 양복 한 벌값 오분의 일 정도의 안감비용은 푼돈으로 그때 그때 모아 놓았다가 아들에게 주면서 이제는 고정빚을 얻을 수가 없게 되자 급하게 옆의 노점상 아줌마의 돈을 빌려쓰고 약속된 날짜에 손님이 옷을 찾아가질 않아 돈이 안들어 오고 아들이 필요한 돈을 요구할 때면 또 다시 고리대금업자에게 찾아가 그들이 제일로 선호하는 팔부, 십부에 급전으로 빚을

내기도 하였다. 그래도 연초제조창, 제지공장에서 한 달에 한 번씩 몇 만 원에 월부 양복값을 결제하여 주는 것은 빚 갚는 것을 한 달 두 달 미룰 수 있는 좋은 핑계거리였으나 그것은 어떻게 이행할 수 없을지 모르는 고리대금의 함정에 더욱 더 휘말리기 시작하며 엄마의 빚의 그림자는 소년에게 점점 가까이 드리워지면서 크게는 양복감과 안감을 갖고 오는 라사점에, 작게는 실과 바늘 단추를 사다쓰는 가게, 옷을 담아주는 상자 및 종이봉투 거래처에 외상값으로 거짓말을 하게 되고 급기야 엄마에 슬픈 애환이 줄줄이 영글어 있는 토담집에서 나와 남의 집 단 칸방으로 세들어 이사를 하고 일수돈을 기본으로 하여 엄마에게 밀려있는 과일값, 원금만 갚고 밀려있는 급전에 이자, 같은것들에 독촉이 간판을 걸고 일을하는 소년이 타겟(target)이 되어 하루에 한 두건 이상씩 쏟아지면서 가난의 비참함과 물질의 궁핍, 장래에 대한 불안과 자신에게 닥칠 불운같은 생각은 미루어놓더라도 지금 내 주위의 모든 것들이 그냥 서러웠다.

세탁소를 갖고 일을 할 때에는 일을 하면 일을 하는데로 많고, 적음의 댓가가 있었으므로 자주는 아니더라도 동생들에게 동전 몇 잎을 스스로 줄 때도 있고 사거리 한 쪽켠에 있는 빵집으로 데려가 찐빵과 만두를 같이 먹으며 도란거리는 때도 있었다. 지금은… 옛날의 일과는 다르게 두 세배로 늘어난 일감은 상의기술자에게 와리를 주면서 죽으라고 일을 해내지만 한 번 고리대금에 휘말린 엄마에 경제사정은 도로아미타불이었다. 여러가지 모든것들에 시달리는 것 중에서도 가슴이 찢어지는것 같은 안타까움은 임금체불이었다. 서울의 양복점 주인아저씨가 하시던 모양을 지금 내가 그대로 답습을 하고 있는 것이었다. 소년은 누구를 원망하고 누구에 허물을 탓할 이유를 찾지않았다. 모든 조건은 갖추어져 있지만 아직은 무엇인가 조금 부족하여 일이 성사되지 않는 것이라고 생각을 하면서도 날마다 돈의 대한 걱정으로 주름이 생기고 한숨을 참아내며 아들보기를 미안해하는 엄마모습을 보기가 너무도 힘이 들고 자신이 지키지못할 약속인줄을 알면서도 임기응변으로 말을 하고 그 날에 가서 세 가지중에 한 가지는 지키지 못할 거짓말을 또 다시하는 자신에 처지가 그냥 서러웠다. 많이 서러웠다.

소년은 일감의 고립에서 빚의 고립으로 이어져 거짓된 자신에 고립으로 더 깊이 빠져들고 있는 이 현실에서 벗어날 것을 혼자다짐하고 방법을 택한것은 군대를 가는 것이었다. 보름후에 두 번째 현역 입영대상자 마지막 신체검사 및 신상명세서를 작성하러 병무청으로 가는 날을 기다리기로 하였다. 이날에 앞서 양복점을 인수받기전 일차 병무청 신체검사 때에 집에서 준비하여준 초등학교를 졸업하지 못하였다는 증명서를 제출하였다는 것을 집에서 알기에 소년이 군에 입대할 수 있다는 것은 생각할 수가 없었다. 그러나 소년을 실망할 이유가 없었다. 몇 년전에 무슨 방법으로든 조금 더 배워야겠다는 심정으로 방법을 찾다가 일간지 신문 하단에 작은 세로줄의 광고에 중 고등학교 과정이라는 통신강의록 책광고를 보고 접수를 하며, 입학을 하고 중학교 과정을 배우는 책을 받아 독학을 하였든 경험이 있었던 것이다. 지금은 11월이다 고등학교를 졸업하고 난 후에도 엄마의 성화에 못이겨 재수 공부를 하며 소년의 주위에서 서성거리던 검정 기왓집에 부잣집 친구의 하사관학교 입대 송별식을 지난 달에 해준 것을 마지막으로 서 너명의 친구들이 입영열차에 몸을 실을 때 아직은 성공할지 못할지의 확률을 모르고 군입대로의 탈출을 소년은 염원하였다. 오늘 현역 입영대상자의 신체조건 갑종 일급을 다시 확인 받았고 현역 입대를 좌우할 신상명세서에 일차에서 적지 않았던 중 고등학교 과정의 통신강의록을 수료하였다는 내용을 다른 글씨보다 더욱 선명하게 쓰고 그것만으로는 자신에 의지가 표시되지 않을것 같아서 신상명세서 하단 공란에 참고란을 표기하고!! 저는 대한민국의 남자로써 신성한 병역의무를 수행할 것을 바랍니다!!라고 다른 글자의 크기보다 더 크게 더 뚜렷하게 적어 내었고 그날 이후 소년은 양복점 가게를 잠시라도 비우지 않으려고 노력하였다, 금년의 병력동원 마지막 업무로써 오늘 이후 일주일 이내에 입영대상자와 방위병 보충역 부적격자등의 통지서가 배달이 되고 현역 대상자는 올해안에 입영이 된다는 안내를 병무청에서 해주었기 때문이었다. 지금 나는 무엇이 무서워 어데로 도망치려고 하는 비정한 사람일까…? 소년은 입대를 가장하고 생각해 보았다. 그러나 소년은 이렇게 생각하고 있다는 것이 나약한 생각이라고 거꾸로 생각하면서 지금 이 진흙탕 속에 있는 나자신을 건져 낼 수 있는 이는 나 자신이다 라는 격언같은 맘을 떠올리고 아직까지는 간절하게 어떠한 소원같은 것을 이루어지게 해달라고 빌어본 적이 없지만 입대영장통지서는 내가 받아 줄 수 있도록 마음속으로 빌면서 자신이 집에 없을 수도 있는 삼 년동안 성장하며 학생복을 바꾸어 입을 수 있도록 중학교 남동생의 교복을 만들어 놓았고 외상값의 액수가 가장 많은 라사점의 돈은 양복감으로 다시 가져가면 될 것 같았다.

소년의 다소 긴장된 시간은 집안 식구들의 이눈치 저눈치 사이에서 불안하게 흐르며 늦은 가을의 마지막 비가 내리더니 앞산, 뒷산에 불타는 듯 하던 노랑, 빨강의 예쁜 단풍잎들을 볼품없이 쭈그러 트리면서 물러나기 싫어하는 가을을 겨울이라는 하얀계절이 턱 밑까지 다가와 자연에 섭리로 밀어내는 것이다.

소년이 양복점가게를 빈틈없이 지키던 삼 일 째 되는 날 오후에 가게문을 열고 찾아든 집배원 아저씨가 소년에게 건네준 병무청의 통지문은 국방부장관이 소년에 의지를 샀을까…? 아니면 병무청의 병력동원담당관이 소년의 의지를 알

아차렸을까…? 소년은 통지문을 받아 읽고

"됐어!"

하고 절박한 위기에서라도 벗어나는 양, 속으로 탄성을 질렀다. 소집일자 십이월 이십일 집결장소 충북국민학교 운동장 오후 3시까지 오늘은 십일월 이십일 이었다. 이제부터 소년에 행동은 어느 누구라도 눈치채지 못하도록 은밀하게 이루어져야 한다고 생각한 소년은 입영영장에 가치를 남한으로 남파된 북한의 간첩에게 보내어진 지령문 통지서로 생각하고 혼자만이 알수 있도록 자신의 신체 어느 부위에 꼭꼭 숨기었다.

그리고 그 날부터 빚진돈 외에 양복점일 정리를 시작하며 옷을 맞추러 오는 손님들에게는 지금 밀리어 있는 일감으로 손님에 원하는 날을 맞추어 드릴 수가 없다면서 정중히 돌려 보냈고 중학교 남동생이 입을 교복을 미리 만들어 감추어둔 것을 잘했다고 생각하였다. 그러나 빚에 시달리면서 살아갈 엄마를 생각하면 마음이 아팠지만 그래도 지금 나라의 명령에 따르는 나의 행위가 곧 나에게 최선이다. 라고 고집스럽게 소년은 생각하였다. 그것은 지금 나라의 명령을 따라 임무를 마치는 것은 국민학교마저도 졸업하지 못한 불명예를 벗는거와도 같은 뜻에 있는 것이었다. 이제 가을은 완전히 물러났고 어제인가 함박눈은 아니었지만 흰눈이 흩날리면서 첫 눈을 장식하고 벌써 스무날이 넘도록 왕복 사킬로미터의 작은 골짜기에 있는 약수터로 새벽 바람을 가르며 뛰어가 냉수마찰을 하고 맨손체조를 하면서 스스로에 체력을 내던질 준비를 마친 소년은 이 사실을 오늘 아침까지 숨기며 평소와 같이 엄마가 차려주는 아침밥상가에 앉아 한 동안 보지 못할 식구들과 아침밥을 먹고 가게로 출근하여 편지 한 통을 준비하였다. 집결장소까지는 대전으로 나가 한 시간을 더 가야하는 시골국민학교 운동장이었다. 이제껏 이십 년을 살아온 인생으로 세상을 안다고 어떻게 누구에게 자부할 수 있을까…? 그러나 이제 두 마디의 짧은것 같은 그 인생은 너무 어려운 과거를 만들어 내었으며 모순된 것들을 경험하게 하였지만 또 다시 그 인생의 운명은 일반인들은 상상할 수 없는 모순된 일들이 벌어지는 고정된 울타리안의 빗장을 열고 얼마 지나지 않은 지난 세월의 다미가 사랑의 절벽에서 뛰어내리질 않고 구세주를 찾아 가듯이 소년 역시 절망의 절벽에서 뛰어내리지 않고 아…! 무엇인가 다르게 이루어질 수 있을 것 같은 희망을 품고 소년이라는 엷은 외투를 벗어 던지고 주었던 것에 다미에 순수한 사랑을 몰라주며 허무한 이별을 안겨주었던 혹독한 댓가를 치루어야 될 줄을 알리 없이 소년은 부싯돌 같은 청년의 탄탄한 몸으로 무장하고 첫 발을 들여 놓았다.

10.

　하늘과 땅 아래 위의 모든 것들이 낯설은 남의 나라 이태
리의 밀라노 공항에 도착하여 마중 나온 사모님의 품에 안겨
저절로 솟아오르는 눈물을 낙숫물같이 흘리며
　"사모님 죄송해요 정말 죄송해요 사모님"
　이라고 할 때,
　"아냐 다미야 괜찮아 잘왔어 정말 잘왔어 아줌마가 조금
더 있다가 부르려고 했는데 조금 일찍 온것 뿐이야 괜찮아
그리고 이제는 엄마라고 해 알았지? 다미야…! 어디 지금 엄
마라고 해봐"
　하며 자신의 품에 안고 등을 쓰다듬어 주다가 다미를 품에
서 떼어 눈물로 범벅된 얼굴에 눈물을 엄마에 두 손바닥으로
씻어주던 사모님의 schedule에 따라 세계적인 fashion의 도
시의 거리 밀라노에서의 생활이 시작되어진 세월이 이 년을
넘어서고 있었다.

"다미야 너는 이제 다시 태어난거야- 성당에 가서 세례도 받고 초등학교 일 학년을 입학하였다 생각하고 여기 말을 먼저 배워야돼- 다미야 첫 사랑에 경험은 잘 간직하고 있다가 지나고 나면 참으로 아름다운 추억이 될 수가 있어 그러니 이 엄마와 같이 힘차게 즐겁게 열심히 다시 시작하는 거야 알았지? 네- 어머니"

다미는 사모님 가족이 다니는 말라노에 랜드마크인 두모오 성당에서 신 과의 만남과 믿음을 약속하는 세례를 받고 베네디라는 세례명을 받으며 두오성당의 수 많은 화장실중에 열 개의 내부청소 전부와 창틀, 건물내부에 있는 백 여개의 복도중에 본관에서 외부를 향하는 오십미터 길이의 복도 이십 개를 담당하는 청소부로 취업이 되어 새벽 여섯 시에 출근하여 오후 네 시까지 청소를 마치고 한국교민과 본토인이 운영하는 fashion학원에서 세 시간의 fashion교육이 끝나면 파스타나 빵으로 간단히 저녁을 해결하면서 다미와 같이 이 나라의 말을 하루라도 빠르게 배워야할 비슷한 사정의 한국인을 상대로 이탈리아어를 교육하는 곳으로 향하여 교육을 받고 집으로 돌아가는 시간은 두오성당의 지붕에 솟아있는 뾰족탑의 전등불이 밀라노의 밤하늘을 향해 만발해있는 열 한시가 되어가는 시간이었다.

다미의 엄마자리를 자칭한 사모님의 다미에 하루 schedule은 여기서 끝이 아니고 집안 거실에 만들어져 있는 오십 센티미터 높이에, 넓이 이십오 센티미터 길이 칠 미터 치수의 직선기구에 올라가 무대에서의 working 한 시간 연습을 끝내면 비로서 하루에 피로를 풀 수 있는 생활이 군입대로 탈출하기전의 소년에 세월과 같이 이루어져 있었다.

다미에 이런 생활이 이 년이 지나면서 적어도 반 나절 정도는 이 나라 사람들과 대화할 수 있는 언어구사능력이 향상되었고 밀라노 패션가의 주요인물들 한 사람 한 사람에 인적사항을 머릿속에 기억시키면서 다미의 눈에 낯설지 않은 의상 디자인에 라인을 볼 줄 아는 감각을 이 사람 저 사람에게 귀찮지 않게 다가가 물어보며 익혔다.

또한 네가 머무르고 있는 곳이 아무리 지저분하고 더러운 곳이라도 성모마리아께서 선택하여 주신 곳이라는 것을 잊지말고 감사하며 너에 총명스런 눈빛과 아름다움이 덩달아 지저분해 보이는 일 없이 품위를 지켜야 된다는 엄마의 절실한 지침을 철썩같이 유지하며 물통을 옆에하고 봉걸레의 밀대를 잡고 성당의 대리석 바닥을 닦았고 사다리를 펴놓고 곤세리움식의 복잡한 라인으로 되어 있는 창문틀을 닦아내다 보니 어느 날 다미는 두오성당의 화장실과 복도를 떠나 밀라노 패션빌딩의 오층중간에 자리하고 있는 의상워킹숍에 머무르면서 몸매에 코디를 받고 배우며 의상 디자이너들의 모델이 되어 옷을 입어 가봉을 하고 임시 무대로 만들어 놓은 곳에서 일 주일 후에 밀라노 패션워크에서 내년 봄철의 투피

스와 웨딩드레스 완성품 발표 본 무대의 워킹에 앞서 세계적 스타급 모델 이십 여 명 속에 참여하여 연습을 하고 있는 것 이다.

이제 다미는 두려움 없이 말하고 남들이 나를 조롱하던, 안하던 신경쓰지 않았다. 그녀는 이미 지난 날의 모든 경험 으로 무지에서 예지의 밝은 빛을 알았고 미덕이 인격의 바탕 이 된다는 것을 스스로 깨달으며 자신의 안에서 자신의 인격 을 수양함으로 부족함을 느낄 때에는 가슴에 성호를 그으며 세례명 베네디를 성모마리아에게 고하고 용서를 바라며 기 도하므로 그녀에 미소는 옆에 사람을 행복하게 하였고 흰 백 색의 누에고치에서 끝없이 풀려나오는 가늘은 실과도 같이 그녀에 순박한 아름다움은 패션의 군중속 시선을 사로잡으 며 보랏빛과 황토색, 청색의 무늬로 섞어진 투피스 정장과 밤갈색 바탕에 짧은 채양의 뜨개실모자, 진한 연두색 짧은 목의 샌들을 착용하고 무대의 가운데로 노랑과 흰색의 레이 져 조명을 받으며 밀라노 패션워크 본 무대의 워크라인 중앙 으로 등장하면서 투피스의 좁은 치마폭의 걸음에서 작음 보 폭으로 조금은 느린 워킹과 함께 중년여인의 품위를 연출하 였다. 밀라노 패션가의 본 무대에 처음 등장하는 다들이의 모습에 궁금한 시선을 꽂았던 패션가의 관람객들은 십 여 분 동안 슈즈(sandals) 헤어스타일 등 몇 점의 장신구 아이쇼를 즐 기는 타임이 끝나고 오늘에 마지막 event인 단 한 점 내년

봄의 웨딩드레스를 발표하는 시간에 맞추어 오케스트라의 경쾌한 음악이 패션 발표극장의 어느 곳에 숨겨져 있는 스피커를 타고 흘러나올때 워크라인 한쪽 gate의 휘장이 open되면서 물찬제비가 끝이없어 보이는 푸른 창공을 향해 힘차게 날아 오르듯이 모델의 몸에 입혀진 옷은 연분홍빛의 봉우리를 터트리는 크고 작은 벚꽃모양을 바탕에 두고 목둘레와 허리둘레에 치장된 lace를 나부끼며 모로코와 대륙의 스페인 가운데에 펼쳐저 있는 지중해를 단숨에라도 뛰어넘을 듯한 기운으로 힘차게 중앙무대로 나타나며 웨딩드레스를 입은 신부의 희망찬 내일에 영상을 만들어내고 언제라도 구슬같은 눈물을 펑펑만들어 낼 수 있는 초롱 초롱한 다미에 커다란 두 눈가로의 모습이 카메라에 클로즈업 되면서 처녀에 순결한 정조를 받치는 환희에 찬 슬픔을 연출하며 두 s자로 만들어져 있는 워크라인을 십 여 분에 걸려 돌아나올 때 패션가의 눈빛들은 모델의 모습에 흠뻑 젖은 것인지 나부끼는 듯 춤추는 의상에 반한 것인지 알수 없는 우레와 같은 기립박수로써 무대 저끝으로 사라지는 다들이의 뒷모습에 박수갈채를 보낼 때 관람객 정 중앙에서 이 모습을 온몸의 느낌으로 다들이의 아름다움을 실감하는 사모님은 독백으로 흘러나오는 자신에 탄성을 느끼며 어떻게 저토록 아름다운 아이가 남의집 대문앞에 버려지는 그 서러운 업둥이로 태어 날수 있었

※ 다들이는 소년이 지어준 다미의 닉네임

을까…? 하지만 그렇게 버려지는 일이 없었다면 나와의 만남은 없었을 것이고 내가 다미를 사랑하는 지금에 이 행복도 없었겠지… 라는 생각이 교차되어지며 인생이란 참으로 묘한거야 불행한 인생이라도 의지만 있다면 행복을 찾을 수도 있고 그렇게 좌절하고 만다면 쓸쓸히 지고 말겠지…

다미가 업동이에 신분을 갖지 않았다 한들 다미가 그 헌신적인 사랑의 쓰나미 같은 슬픔에 이별이 없었다 한들 이태리 패션가의 대가인 아이등의 오른팔로써 세계적인 디자이너와 모델들을 만들어 내며 탁월한 훈련관이라는 명성을 지닌 사모님에 그림자인들 어찌 한 번이라도 구경할 수 있었을까?! 지금 다들이에 젊은 앳띤 현실이 그러하듯 순정과 연민으로 꾸려져있는 과거에서 딛고 일어나 지금에 현실을 꽃 피웠지만 밀려오는 슬픔으로 그 어떤 나쁜 생각을 하며 방탕의 길로 과거에서 머무르고 있다면 그 어떠한 행위라도 있었으리라는 것을 미루어 짐작할 수가 있는 것이다.

다미는 다정한 사모님에 몇 마디 말씀과 표정을 기억해 내었으며 내 한몸을 조금씩 조금씩 고통을 주며 태워버릴 것 같은 불구덩이 속에서 가늘은 거미줄을 잡는 심정으로 자신의 가련한 마음을 사모님에게 구해줄 것을 요구하였고 그 소녀에 요구를 받은이는 하찮은 식모 나부랭이에게 던진 한마디를 기억해내면서 자신의 말에 책임을 지겠다는 본능적인 자애로움으로 소녀를 품에 안고 '너의 숨을 다른 사람이 숨

쉬어 줄 수가 없고 너의 슬픔도 다른 이가 대신 해줄 수가 없다는 것을' 각인시키며 너의 행복은 누가 안겨주는가를 생각하게 하면서 입술을 앙다물고 자신의 혹독한 훈련을 견디어 낼 수 있도록 수시로 다독이며 다들의 주변에는 밥 수저 하나라도, 실내화 하나라도 세계적인 패션과 관계 되어진 것들로 준비되어 있었다.

새로운 모든 것들의 새로운 생활을 받아들이는 다미 역시 국내에서의 도전없는 하루의 패턴에서 벗어나 새로운 생활에서 맞지 않은 조건을 탓하지 않고 행동으로 체내 깊숙이 깊은 잠을 자고 있던 여전사의 투지와 천재성이 유감없이 발휘되며 한 시간을 연습하라고 하면 두 시간을 하였고 열 개 단어를 외우라면 이십 개를 암기하여 이태리어 선생님 앞에서 대답해 내었지만 그것은 그냥 얻어지는 것이 아니었다.

처음에 한 두 달의 두오성당에 청소부 소녀는 밀대로 문지르는 복도에 대리석 바닥으로, 걸레를 헹구는 물통의 수면 위로, 떠오르는 소년의 모습에서 한 묶음으로 묶어진 머리카락을 늘어뜨리고 주저앉아 훌쩍이는 모습이 다른 사람의 눈에 자주 띄어지며 훈련관의 귀에 들어 갔을때 지금 성모마리아의 품속에서도 슬픔을 이겨 내지 못하고 있는 불완전한 가련한 소녀에게 아주 단호한 약속을 받아야겠다는 필요를 느끼고 실제 비행기표를 예약하여 어느 시간에 잘 꾸려진 다미에 가방을 앞에 두고

"자- 이것은 내일 저녁 5시 비행기 표니까 오늘 여기 생활을 모두 정리하여 끝내고 한국으로 돌아 가도록 해… 네가 왜 이 엄마와 헤어져야 한다는 것을 네가 더 잘 알겠지?"

갑작스러운 훈련관의 단호한 명령에 정신이 혼미해진 다들이가 머리카락을 움켜쥐어 정신을 가다듬고 비행기 표를 손에 들고서 벌써 자신의 방문을 열고서 들어가는 훈련관의 뒷모습을 보면서 후다닥 따라 들어가 앞을 가로막아 주저앉으며 무릎을 꿇고 두 손 모아 빌으며

"어머니, 어머니 잘 못했어요- 앞으로는 두 번 다시 절대로 그렇게 주저앉아 울지 않을게요 어머니 잘 못했어요- 제발 한 번만 더 용서해 주세요…"

단호한 표정에 훈련 관은 두 손바닥을 마주하고 비비며 애원하는 다미에 손목을 이끌고 고요히 어둠을 밝히고 있는 성모마리아상 앞에서 슬픔을 이겨내는 노력을 하겠다고 맹세시킨 뒤에 다들이는 다른 교육을 시키려 하는 모든 명령에 뜨거운 피를 역류시키기라도 하는 듯이 오기로 무장하고 여전사의 자세로 대들기 시작하면서 밤 낮을 가리지 않는 그 노력에 표시로 18세 소녀의 얼굴에 기미가 피어나면서… 어머니 훈련관의 마음을 아프게 하는 세월이 물살같이 흐르며 아름답게 변해가는 다미에 모습에서 보람을 느끼며 오늘에 이른 것이다 이 날도 훈련관에 어머니는 뜨거운 가슴으로 안아주면서

"행운의 비밀에 열쇠는… 다미야 너 자신에게 있는 거야 알았지?"

라고 하며 부드러운 입김을 다미의 귓불에 불어내며 속삭여 주었다 이제부터 패션가의 출입문은 굳이 다미가 신호를 보내지 않아도 먼저 다미에게 다가와 참여해 줄 것을 요구하였고 한 해 두 해가 흐르며 이제는 어머니 훈련관의 측근에서 다미에 일상생활을 관리하여 주어야 했다 양장은 어차피 유럽에서 고안된 옷이었다. 사모님은 진작에서부터 한복패션에서 나아가 국내 여성의류 디자이너들과 교류하여 주면서 국내 여성의류 패션 발전에 지대한 영향을 주고 있었다.

오늘 업동이 수양 딸 다미를 데리고 이태리 밀라노 공항 로비를 걸으며 인천행 비행기 탑승 수속을 밟고 있는 것도 앞으로 일주일 후에 발표하는 내년 겨울 롱코트와 투피스 등 십 여 점의 패션 발표가 한국의 따뜻한 계절 5월에 서울에 호텔 잔디광장에서 이루어지는 오픈행사에 다미는 한국계 유럽의 톱 모델로, 사모님은 한국 여성의류 패션 발전에 임페리얼 guest로 초대되어 다미가 서울을 떠난지 정확히 헤아려 본다면 12년만에 한국을 방문 하게 된 것이다 비행기 안으로 들어가 seet에 자리한 다미는 회환이 교차되는 아늑한 세월 속으로 살포시 빠져들면서 약간의 피곤함으로 깊은 눈꺼풀이 감기는가 싶더니 알 수 없는 어느 계절에 하얀 달빛이 아픈 상처를 훈훈하게 감싸주면서 어느 사이 토담집에 장

독대 옆으로 마련되어져 있는 작은 당나귀 우리 안에서 언제
나 밤 10시가 넘어서야 하얀 달빛을 받으며 마당 저쪽 끝에
서 혹시라도 먼저 잠들어있는 식구들이 깨어날까봐 살금 살
금 한 발자욱 소리를 내며 들어오는 소년을 당나귀 소녀는
두 귀를 쫑긋거리며 기다리고 있었다, 벌써 이 동네에서 우
마차가 사라진 때는 한참이나 되었지만 코 주위로 동그랗게
하얀 무늬를 갖고 갈색 얼굴 바탕에 길은 눈썹에 큰 눈과 쫑
긋한 두 귀의 끝에도 호두알만한 흰점으로 장식을 한 듯이
모양을 한 당나귀 소녀가 작은 손수레를 뒤에 달고 소년의
손에 이끌려 작은 나뭇가지로 만들어진 토담 집에 우리 안으
로 들어와서 자리잡은지가 언제인지는 모르지만 전혀 낯설
지 않게 하루 하루가 시작되는 아침이면 소년은 우리로 다가
와 당나귀소녀의 양볼과 눈, 귀, 코를 쓰다듬고 어루만지며
어느 때는 자신에 뺨을 비비기도 하면서 손수레 얽음줄을 등
에 얹어주고

"귀염아 오늘도 아버지 편하게 모시고 다녀야 돼 알았
지…?" 하며 속삭이고 손을 흔들며 나 다녀올게 저녁에 보자
하면서 마당 저쪽으로 소년이 사라지면 두 목발을 짚고 옆에
서 있던 아버지가 당나귀 소녀의 엉덩이 가까이에 매달려 있
는 수레에 앉으며

"그래 가자꾸나" 하면서 고삐를 가볍게 흔드는 것이다. 맺
지 못할 운명이라고 포기하여야 겠다고 생각해 본 적이 한

번도 없었다. 진정코 장이는 나를 잊지 않고 기다리며 있다고 굳게 굳게 믿으며 소년의 모든 것이 확인 되는 날까지 사랑하지 않을 수 없었다. 다만 그 감정을 어머니 훈련관 한테는 숨겨야 하기에 그 깨어진 선물과 남방셔츠를 가슴에 품어 안고 그리움을 삭이었다.

당나귀로 변하여 생활하는 꿈속의 다들이는 꿈속에서도 지금 이것이 꿈이라는 것을 알면서도 하루 하루가 좋았다. 당나귀로 변한 내가 다미라는 것을 알 수 없는 소년은 다미가 원하던 양만큼을 망설임 없이 양볼이며 얼굴에 붙어있는 모든 것을 아침 저녁으로 어루만져 주었고 심지어 소년에 뺨까지 양볼에 비비며 사랑을 줄 때 에는 그것 이상으로의 행복을 바라면은 벌을 받을 것같은 생각이 들면서 제발 이꿈이 깨지말아줄 것을 꿈속에서도 바랬지만… 맑은 가을 밤하늘에 유난히도 반짝이는 수 많은 별들속에서 그림이라도 그려 넣은 양 정확히 동그란 모양을 하고 하얀달빛을 환하게 토담집 마당으로 비추어 주던 어느 날 변함없이 열 시가 넘어설 때쯤 타박 타박 마당을 들어서는 소년을 보고 당나귀소녀는 앞발을 들썩이며 고개를 저어 (장이야 어서와 오늘은 힘들지 않았어…?) 반가움을 표시하는 모습에 다른 날 같으면 우리의 가늘은 나무 기둥 위에로 두 손을 넘겨 볼을 만지며 잘 있었어? 잘자하고 인사를 하여 주었지만 오늘은 다르게 우리의 작은 사릿문을 열고 들어와 어깨부터 엉덩이 가까이까지 올

수 있는 도톰한 담요를 씌어 묶어 주면서 귀염아 이제 가을
이니까 밤이면 추워질거야 오늘 담요를 두 개 만들어 왔으니
까 오늘은 내가 이렇게 덮어주고 내일부터는 내가 없으니까
엄마나 동생이 덮어줄거야 하고 아랫 배와 앞 가슴 쪽에서
가볍게 끈 매듭을 하고 끝낸 소년이 당나귀 소녀의 양볼을
어루만지며 알았지…? 귀염아 하고 다시 당나귀 소녀의 길은
턱을 부드럽게 쓸어안아 밤 하늘을 향해서 살며시 쳐들고 허
리를 굽혀 소년의 얼굴을 나귀의 쫑긋한 두 귀에 바싹 붙이
면서 귀염아- 너도 저어기 다른 별 보다 더 크게 반짝이는
북두칠성이 보이지…? 내가 내일 집을 떠나면 집에 올지도,
못 올지도 몰라 그냥 모르는 길을 가는 거야 밤이 되면 나도
북두칠성을 찾아볼테니까 너도 북두칠성을 찾아서 바라보면
은 우리는 아침에는 못 만나는 거라도 북두칠성이 보이는 밤
에는 서로 만날 수 있는 거야 알았지…? 귀염아- 이미 자신
의 등허리에 담요를 덮어 주며 내일부터는 내가 없다고 얘기
하는 소년의 숨결을 느낄 때 부터 장이야 또 어델 가는데…
왜 가는데… 네가- 보고 싶어서 내가 당나귀로 변하여 이렇
게 너희 집에 와 있는데도 또 어데로 가려고 하는 거야?! 라
고 외치며 목에 힘을 주어 소년의 몸에 비벼 댄들 그 애절한
마음을 알아 차릴 수 없는 소년이었다. 방금 전 사릿문을 열
고 들어오는 소년에 모습을 보며 기쁨과 반가움은 어데로 간
데 없고 슬픈 표정으로 올지도 못 올지도 모르는 길을 떠난

다면서 마지막 작별 인사라도 하는 듯이 당나귀 소녀의 양볼을 어루만지며 잘 자- 하고 등을 보이면서 돌아서는 모습에 하얀 달빛을 가득 채운 당나귀 소녀의 커다란 두 눈에는 기어이 눈물을 글썽글썽 괴어져 바닥에 깔려 있는 짚덤불위로 뚬벙 뚬벙 떨어트리며 '장이야! 장이야! 또 어디로 떠나가는데… 장이야 장이야 어데로 가는- 거야- 장이야- 나는 어떻게 해?' ─ … ─

11.

"장이야 장이야! 너 일어나야 돼!

어 어? 왜 그러는데 어!? 어 여기가 어디지? 얌마 어디긴 내무반장님 방이야… 뭐라고?! 내무반장님 방?! 어!? 내가 왜 여기서 잤지? 어 어떻게 된 거지? 어떻게 되긴 너 진짜 어제 생각이 전혀 안 나는 거야?"

훈련소에서 입대동기로 만나 사람을 정확히 맞추어 쓰러트

릴수 있는 총다루는 방법과 맨몸으로 싸워 이기는 기술을 배우고 삼십 삼 개월동안 전문분야에서 내 나라를 위해 봉사할 수 있도록 한 사람에게 적지않은 자금을 투자하는 후반기 교육을 끝낸 다음 죽지 않고 멀쩡한 몸으로 귀향할 때까지 숙식과 맷집을 제공해주는 자대를 그 이름도 찬란한 경기도의 승리 탱크부대로 똑같이 발령을 받고서 희노애락을 같이 나누며 특별한 전우애로 뭉쳐져 지내는 홍교진 일병이 태산같은 근심을 짊어진 표정으로 부싯돌 같은 근육으로 무장을 하고 모순덩어리의 고립된 울타리 안으로 몸을 들여 놓은 이제는 소년이 아닌 군바리 이장이 일병을 흔들어 깨우는 것이다.

"야- 교진아 어제 무슨일 있었냐? 내가 왜 내무반장님 방에서 자고 있냐?"

무엇일까 이상한 예감을 하며 근심이 가득한 표정으로 동기 친구에게 시선을 꽂으며 묻자

"야, 빨리 옷 입어 지금 아침점호 끝나고 공구실로 전부 집합 하러 갔어 하고 모포와 매트리스를 접으며 네가 어제 술에 취해서 고참들한테 한풀이 했잖아… 특히 고 병장님 하고 탁 상병님한테 새끼까지라고 하면서 죽여 버린다고 멱살까지 잡고 흔들었어 그래도 생각이 안나냐…?"

라고 얘기하는 동기에게

"와…! 내가 진짜로 그랬냐 미치겠네."

저절로 나오는 한숨과 함께 생각나지 않는 사실에 후회가 물밀 듯이 밀려들면서 군화 끈을 조르며 야 어쩌지 혼자 중얼거리자 옆에 서 있는 동기가 어쩌긴 푸닥거리하면서 몸으로 때워야지 빨리 가자 고참들 더 열 받기 전에 똑똑하고 훌륭한 지도자들이 신성하고 훌륭한 의무 행위라고 부르는 군인들의 집단생활을 씩씩한 젊은이라는 미명하에 어떠한 특정의 이익과 업적을 갈구하지도 않으면서 굴욕스러워도 따라야 한다는 것을 기억시키기 위해 그 행위를 하다가 목숨을 잃을 수도 있는짓이 시도 때도 없이 이루어지며 소년이 군인이 되어 7개월을 보내고 있는 오늘에 이른 것이다.

소년이 임시 안식처로 결정하고 택한 군인의 길은 최초 집결지에서 야간 입영열차에 육신이 실어지면서 "대가리 박아"로 시작되어져 입영열차에 바깥쪽으로 향하는 시선을 차단시키고 수용 연대로 이동하여 연병장에서 시작되어지는 집단생활의 첫 인사는 300여 명의 청년들을 여러줄의 횡대로 정열시키고 서로 어깨동무로 연결시킨 다음 이제는 바깥의 생활과는 단절된 오직 하나의 법칙으로서 행동하여야 하므로 지금부터 단결된 조화를 이루기 위하여 훈련에 돌입한다는 조교의 설명이 어슴츠레한 연병장의 불빛속에서 간단하게 끝나자 "전체 앉아!! 일어서 앉아!! 일어서!! 앉아!!"라는 조교의 갑작스런 동작명령에 생면부지(stranger)의 상대와 어깨동무는 하였으나 몇 백 명의 동작이 같이 일치할 수 없는 상황에서 온몸에 석고깁스라도 한것 같이 고 자세로 옆에서 지켜보던 동료 조교들이 기다리고 있었다는 듯이 동작이 시작되면서

"야!! 이 xx들아 어린애들도 하는 앉아 일어서도 못맞추냐? 야- 이새끼들아"

라는 고성과 함께 조교들의 발길질이 몇 차례 나오고 단상의 조교에게서 이어지는 또 다른 동작 명령은 다같이 뒤로 취침하며 옆으로 구르라는 소위 인간 김밥말기였다. 어떻게 몇 십명의 사람이 뒤로 누워 옆으로 말아질수가 있단 말인가?

"굴러 이 새끼야!! 굴러서 말으란 말이야!! 이xx야! 이xx들이 아직도 정신을 못차리는 군!"

대열속으로 파고들은 달밤의 올빼미(조교)들에 군화발은 신성한 국방의 의무를 수행하려는 신성한 청년들에 가슴이며 등허리를 사정없이 짓누르며 비록 속으로는 그렇지 않더라도 악을 쓰면서 대열속을 휘돌아쳤다. 어찌 이 밤의 상황에서 저 밤하늘의 별들속에 북두칠성을 찾아내어 귀염이를 생각해 낼 수가 있단 말인가!? 이제부터 몇 백명의 존재는 몇백개가 아니고 한마디의 명령에서 통일된 행동으로 동일하게 움직여지는 한덩어리의 존재가 될것을 요구하면서 몇백명의 힘을 모아 숫자로 턱없이 열악한 저 올빼미들에게 대항할 틈을 주지 않고 스스로 주저앉게 만들며 지금 생활이

왜?! 필요한 것인가를 정당화시키는 세뇌교육이 낮에는 사람을 살상하는 실전의 방법으로, 밤에는 그 이론의 차트교육으로 이어졌다. 결론은 우리에 몫으로 주어진 땅을 우리에 목숨을 바쳐서라도 지켜내야 한다는 것에 불과하였지만…

청년 장이는 지금의 집단의 일원이 된 것을 자신이 택한 길이기에 후회는 안되었으나 강인한 힘을 통하여 육체로 참아내어야 하는 과정에서는 스스로에 나약함을 느끼고 군종을 따라 교회에 나가기 시작하여 하나님을 찾고 주기도문을 배워 암송하였고 '복에근원강림하사'를 찬송하며 어떠한 이유가 되었든 일 주일이면 두 차례이상 치러지는 군번으로 서열을 따져 중대원 사십팔 명 중에 마지막 군번인 이유로 곡괭이 자루가 부러져 나가는 힘의 줄빳다 사십 일곱 대를 맞으며 입에 거품을 물고 엎프러지는 일없이 버티어 내었으며 접어진 야삽으로 배 맞는 일, 야삽자루로 발바닥 맞는 일, 수통마개에 머리를 박고 한쪽 다리를 들어 원산폭격하는 일 심지어 유격장의 공중화장실에서 똥물과 오줌이 섞여 흘러내려가는 일미터의 넓이에 진흙과 자갈이 섞여 범벅이 되어 있는 삼 백 여미터의 도랑바닥을 혀바닥으로 핥으며 낮은 포복으로 기어내려가는 기압까지도 이겨내는 생활이었다.

그렇게 인내는… 참아야한다는 것보다는 견디어 내야했다. 그러나 어제 이 사 분기 군장비검사에서 우수중대로 선정되었다 하여 부대 앞의 냇가로 먹고 마실 것을 준비하여 야외 빨래 겸 칠렵을 하는 곳에서 중대원 중에 제일 막내로써 거절하지 못하고 부동자세로 받아 마신 술에 젖어들며 그동안 쌓인 원성이 기어코 목구멍 밖으로 밀려나오고 하잖은 이유로 집합을 시켜 빳다치는 걸 재미로 삼고 매일 밤마다 옆의 잠자리에서 자신의 몸 구석 구석을 더듬어 대는 한 달 보름 후면 제대하는 왕고참 고병장이 레이져 알콜빛을 뿜고 있는 이장이 일병 두 눈의 레이다에 딱 들어오는 것이다.

"야! 고병장님! 내가 곡괭이자루로 줄빳다 맞으려고 군대왔냐? 내가 매일 언어 맞으려구 군대왔냐구?"

라며 이미 풀어진 혀의 발음으로 대 여섯 보 옆의 고 병장을 향해 쏘아보고 다가가는 돌발적인 입대동기의 행동에

"야- 너 왜이래- 죽으려고 환장했어?! 야 정신차려"

하고 한 쪽 옆구리를 끼고 제지하는 동기에게

"그래… 나 죽으려고 환장했어… 오-오늘 고 병장 이 새끼 죽여버릴 거야 그-으러고 내가 니노리개냐…? 밤마다 더듬게"

어느 순간에 두 손으로 고 병장의 멱살을 움켜잡은 모습에서 순식간에 그 주위가 산만해지고 상병이상 고참 서 네 명이 저 쪽 군천막 밑에 모여 음식을 먹으며 얘기하는 중대장이나 인사계의 눈에 띨까봐 주위를 에워싸며

"야 xx가 미쳤나?! 이 멱살 놓지 못해?"

하고 소년에 두 손을 탁 상병이 잡자

"그래 나-아 미쳤다! 탁 상병님 이 새끼 너도 마찬가지야-
내가 니들 밥식기나 닦아주고 매일 얻어터지려고 여기왔냐?
너도 이리와 죽여버리겠어"

하고 고기를 썰어내는 칼을 삼키는 일인줄도 모르고 탁상
병에 멱살을 움켜잡는 순간 무엇인가 억세고 둔탁한 것이 소
년의 목 뒷덜미를 강타하자 끽 소리도 못하고 푹주저 앉는
소년을 보고

"야 내무반장실에다 재워!"

라는 명령에 이어

"네- 알겠습니다"

하고 누군가의 대답이 이어졌다. 바깥으로 나온 중대원들
의 안전과 움직임을 살피며 주위를 거닐던 선임하사의 일격
에 소년의 상황은 끝이난 것이었다. 이소년의 행동이 한 집
단의 불결한 행동을 성토한 것 같았으나 그것은 고통을 이겨
내려는 몸부림도 아니고 술에 취하여 겁을 상실하고 대들은
개인적인 반항으로써 엉덩이 빳다 세례는 물론이요 내무반
의 난방시설인 뻬치카에서 나오는 석탄재를 한 달간 혼자 퍼
내는 것과 화장실청소를 한 달간 한다는 기합으로써 개인 자
유시간을 박탈당하는 댓가를 경험하며 겨울에 입대하여 두
번의 겨울을 보내고 고참들의 송별식을 치루어 내며 완전한
중고참의 서열이 확보되면서 하루 하루가 어설프고 불안했
던 자리에서 이제는 적어도 이 삼십 명은 내 뜻대로 집합을

시켜놓고 충고를 할 수 있는 이제야 완연한 집단의 구성원에 안착이 되어 안도에 숨을 내어 쉴 때 잊었던 과거에서 자신을 들여다 보는데 어느 그리스 신화에서 읽었던 비통에 강 아케로, 시름의 강 코키토스, 불의 강 프레케톤, 증오의 강 스틱스, 망각의 강 레테 이라는 저승의 강 다섯 개라도 건너 온것만 같았다. 무엇이 그리 부끄러워서 학교를 등지고 고추밭고랑에 몸을 숨겼을까!? 손바닥이 부르트도록 맞아도 국민학교는 졸업했어야지 무엇이 그리 급하여 케키통을 메고 껌통을 들고 소리를 외쳐 대며 돌아다녔을까? 생각해보면 너무도 어린나이였다. 그러나 이 또한 자신 스스로가 택한 길이였지만 그 동기를 부여한것에 궁금하지 않을 수가 없는 생각에 그 시절의 집안 경제사정을 떠올려 생각하여 보면은 두목발에 의지하여 걸어다니시는 아버지는 양복은 아니었지만 주름잡힌 바지와 단정한 상의를 입으시고 아침에 나가시면 저녁에 열차편으로 돌아오실 때 형과 같이 역전으로 아버지 마중을 나가곤 하였다. 언젠가 형이나 내가 엄마에게

"아버지는 어디에 다니시는 거예요?"

하고 물었을 때

"웅- 장사하시러 여기 저기를 왔다갔다 하시는거야"

라고 대답을 해주셨다. 또 어느 땐 가는 작은 누나와 함께 열 홀이나 보름 씩 나가 계시다가 누나의 머리위에 이어진 봇짐과 함께 들어오시곤 하였는데 풀어진 봇짐속에는 쌀이

라던가 콩같은 곡식들이 조금씩 조금씩 있는 것이다.

엉덩이의 **빳따자국**과 두 팔꿈치의 긁힘 상처가 아물을 시간이 없이 얻어터지며 살아가는 생활이어도 후회가 눈꼽만큼도 안되며 오히려 잘한 선택이라고 생각되어지는 것은… 그것은 내가 마음대로 다룰 수 있는 다 수의 졸병들이 중학교 이상을 그것도 중졸은 네 명에 불과하고 대부분이 고졸이고 몇 명의 졸병은 대학교 재학중 입대한 자들 이었다. 이 고위학력자들이 나의 이름과 계급뒤에 님자를 붙혀 부르며 나의 지시에 따라 움직이는 것은 이 집단의 생활을 선택한 것에 그 누구도 알수 없는 나만에 최고의 위안이며, 보람이고 저승에 강 다섯개 중에 비통에 강을 헤엄쳐나갈 수 있는 힘이 되었다. 만약 그 때에 아버지가 앓아눕지 않고 설사 아프셨드라도 여기 저기로 장사를 하시던 아버지가, 아니면 엄마라도 책값을 해주셨드라면 어떤 수단에 의하여 나도 저들과 같이 고위학력대열에 있을지도 모를 일이었다.

지금 생각해보면 그다지 많은 금액에 책값은 아니었는데 그 작은 액수에 책값을 못 해준 우리 집 아버지는 과연 장사를 하시던 분이었을까? 라는 석연찮은 생각에 꼬리를 물고 떠오르는 모습은 시장 양복점에서 일을 하던 시절 평소에는 하루에 한 두번씩 오 일장이 서는 날이면 대 여섯번씩 왼쪽이나 오른팔이 없어 찝게 팔을 착용한 사람, 한쪽팔에 손이 오그라들고 얼굴 한쪽 면이 오그라들어 눈썹이 흉하게 찌그러들은 나병 환자 또 한 소년의 아버지 같이 두 목발에 몸을 의지한 모양의 사람들이 가게 문을 열고 흉측한 손이 되었든, 멀쩡한 손이 되었든 한 손을 내밀고 한푼줍쇼…라고 말하는 모습이었다 설마 아버지가 아니기를 바라며 이어지는 모습은 열차에서 내려 역전을 나오실 때 개찰구로 나오시며 승차표를 내는게 아니고 언제나 기차 화물이 들어오고 나가는 저쪽 문으로 돌아서 나오셨다 어느 날 저녁에는 집으로 오는 첫 열차를 놓쳐서 뒤에 열차를 타고 늦은 밤에야 집으로 돌아오신 아버지는 등잔불 밑에서 어머니와 마주앉아 동전을 헤아리는 듯 작은 찰랑 소리와 함께 오늘은 얼마 못 하셨네요? 라고 하는 나즈막한 엄마의 말 소리가 들리고

"으-음- 100원이 안 넘어서지?"

하는 아버지의 말에 "예 93원 하셨네요"

라는 엄마의 대답에 이어…

"선거가 끝난지가 며칠 안 되어서인지 경기가 안 좋으니까서 너집 다녀야 일 원을 주는 데가 있고 어떤 약국에서는 식구 중에 갑자기 배가 아픈사람이 있으면 이걸 먹이라고 하면서 약을 주는대도 있어"

하고 무엇을 꺼내 보이는 듯 부스럭 거리는 모습이 실 눈을 뜨고 가늘은 숨 소리를 고르며 자는 척을 하는 소년의 눈에 희미한 모습으로 목격 되었다. 그러한 모습이 단 한번 이었다면 그것으로 잊혀지고 말았겠지만 지금 생각해 보면 그

비슷한 시간에서 비슷한 내용으로 엄마 아버지의 도란 도란 거림의 모습을 2번, 3번 이 아니고 잊혀지지 않을 만큼 목격 되었던 것 같았다 진짜 아버지가… 내 아버지가…!? 목발을 짚고 거리 곳곳을 돌아다니며!? 초 가을 밤의 부대 능선 방공호 열 한 시 보초를 서면서 자신만을 향하여 반짝이는 듯한 북두칠성의 별을 쳐다보고 보초병에 숙지사항, 졸.음.한. 말.자.담.총은 까맣게 잊은채 깊은 명상이라도 하는 듯이 생각하고 있는 찰나에 한 가닥 번갯불같은 별똥별의 광선이 어느 곳 산등성으로 내려 꽂여지는 모양을 보게 된 병장, 이장이는 긴장하지 않을 수 없었다. 초등학교에 입학하여 오학년을 다니는 동안에 세월은 감미로운 쌀밥의 냄새를 잊은채 하루 어느 때 한 끼를 거르기도 하며 엄마를 따라 구제식량 밀가루를 타러 가기도 했던 가난이었지만 그 가난속에 더욱 가난한 구걸을 하는 아버지를 생각하기 싫었다. 정말…? 아버지가 구걸을 하신걸까? 정말!? 또 다시 제발 아니기를 바랬지만 작은 누나가 몇 차례에 걸쳐 봇짐을 머리에 이고 아버지와 함께 집으로 돌아와 보따리 매듭을 풀어헤치고 한 줌에 쌀과 콩이며 팥이며 요거 조거를 골라내는 모습들은 어떠한 이유로도 갖다붙혀 생각해 낼 수 없는 몇 일 동안을 먹을 것과 잠자리를 구걸하고 돌아다니며 동냥으로 얻어온 곡식들이었다는 결론에 귀결이 되면서 이병장의 바램은 풍지박산이 나고 온몸의 근육에 소름이 돋으며 엠십육 소총의 어

깨끈을 저절로 움켜쥐고 아버지와 누나를 위로하는 뜨거운
눈물을 흘리면서 이 가난의 상태를 개혁시키려는 운명의 전
투에 승리의 조건들을 생각하기 시작했다.

12.

Already(이미) 저승에 강 다섯 개는 건너온 터였다. 군바리
의 마지막 가을을 맞이하며 서부전선 사수 공로 상품으로 예
비군복을 선물로 받고 군발이 이 병장에서 청년으로 변신을
하고 마침내 사회의 일원으로써 복귀를 한 장이는 빚정산을
하여야 하는 이유로 팔아버린 토담집이 그리웠지만 집을 떠
날 때에 어느 정도 생각했던 일이었기에 엄마나 형을 원망할
일 없이 남의 집에 세 들어 살면서도 날이면 날마다 엄마와
할머니에 가슴을 쓸어 내리게 하던 형이 그 이상한 조직의
대열에서 뛰쳐나와 식당의 일을 종사하며 사람은 열 번된다
는 말을 실감이라도 시키듯이 남매 동생을 고등학교와 중학
교에 진학시키고 다시 세탁소를 시작해 보고 싶다는 장이에

게 비록 큰 도로변에서 약간은 벗어난 주택가의 가게였지만 이 가게를 얻어준 형과 엄마에게 감사하였다. 운명에 전투의 승리에 조건을 생각하던 장이는 작전이 중요하다는 생각을 하고 자신의 작정을 수행 할 수 있는 가게가 필요했던 것이다. 청년으로 성장한 장이가 참여하지 않은 삼 년에서 석 달이 모자란 세월은 경제개발이라는 표어 아래 부지런한 사람들을 한층 더 바쁘게 움직여 줄 것을 요구하였고 의식주 생활의 패턴 역시 신속하고 간단하여야 할 것을 요구하였다. 특히나 의류에서는 자신의 몸에 잣대질을 하여 놓고 몇 일씩이나 후에 입을수 있는 느려터진 옷을 사람들은 기다려 주지 않고 이미 구십프로 이상으로 퇴출되어 아스팔트로 포장되어 지고 더 많은 사람이 모여들어 사는 읍내에 있던 여러 개의 양복점중에 두 개만이 간판을 유지하고 있었다. 청년 장이는 삼 년전의 맞춤양복시대는 끝났다 판단하고 여섯평의 세탁소 가게에서 옷세탁과 옷수선을 하여 들어온 돈으로 옷감을 사서 자신만의 생각과 만들어진 옷을 입을 연령층을 생각하고 모양과 색상을 달리하여 두 개의 점퍼 세 개의 남방셔츠 다섯 개의 바지를 만들어 하얀의류라는 작은 헝겊상표를 붙혀 엄마가 아는 집안에서 운영하는 시장의 옷가게에 내다 걸었다. 그리고 자신보다 너무도 많이 배운 사람들과 군인생활을 하면서 이 년동안 서울의 대학교에서 교수생활을 하다가 뒤늦게 군에 들어온 나이베기 일 년 후배에게서 배운

서예글씨체로 하얀세탁소라고 쓴 가로 일 미터 세로 오십 센티크기의 양철 간판 두 개를 만들어 두 줄로 멜빵을 하여 어깨에 메고 두 개의 간판을 걸을 곳으로 바쁜 발길을 재촉하였다.

우리는 우리 자신을 위하여 나아가며 노력하지만 각자 개인의 본성과 의지는 다를 것이며 노력에 행위와 목표도 다를 것이었다. 지금 이 세상의 젊은이들은 독창적인 행위를 발산할 수 있는 매력의 원동력이 얼마든지 있었다. 여기 여섯 평의 작은 가게에서 다리미를 문지르고 미싱을 돌리는 스물 네 살의 청년… 장이는 아무런 목표도 없이 그저 본능적으로만 일을 하던 소년시절의 장이가 아니었다.

하얀세탁소 간판이 전국에 백 개 이상이 걸리고 하얀의류 상표가 전국의 의류매장에 진열되는 것을 목표로 세웠다. 이러한 목표를 못 이룰 이유가 청년에게는 없었다. 그러면 이러한 청년에 의지는 어디에서 나오는가? 그 질문에 대답은 내 아버지였다. 두 목발에 육신을 의지한채 어느 누구도 반겨주지 않을 낯설은 사람에게 한 손을 내밀고!! 서럽고 안타까운 마음에 눈물이 앞을 가렸지만 그 모습이 청년에게는 의지로 다가와 내가 무엇인들 못할수 있단말인가?! 도둑질말고는 무엇이든 할 수 있다라는 심장의 고동소리에 무엇이라도 해낼수 있는 행동의 원천이 되어졌다. 청년 장이는 운명의 전투에 제1호작전 수행으로 의류 열 점을 시장의 의류가게에 걸었고 제2호 작전수행으로 하얀세탁소 간판 두 개를 설치하러 가는 것이다.

세탁소의 의류 세탁기계는 한 번 돌리는데 양복 열 벌 정도를 세탁할 수 있는 기능을 갖고 있었지만 그 정도로의 만족할만한 일감이 없어도 과거에도 그러하였지만 두 세벌을 세탁하기 위하여 세제와 약품을 거의 똑같이 넣고 돌려야 할 때가 다반사였다. 사람이 과거에 잘못을 개선하지 못한다면 그것은 어리석음이고 어떻게 지성인이라고 할 수 있겠는가? 청년은 자신보다 훨씬 더 많이 배운 지성인들과 같이 군인생활을 하였던 이력을 갖고 있는 지성인이었으므로 세탁물을 가득채우지 못하고 돌아가는 세탁기에 일감모으는 방법을 개선하기로 마음먹고 읍내 역전의 광장 앞 정면에 있는 잡화와 담배를 파는 가게와 철길건너 시장사거리의 가게에 찾아가 가게 한쪽 좁은 공간 천정을 이용하여 하얀세탁소 간판을 걸어놓고 들어오는 일감만을 받아놓으면 자신이 가져가서 모든 세탁 및 바느질을 하여 다시 가져다 줄 것을 얘기하고 수고비로 세탁비에 십프로를 지불하겠다는청년의 제안을 거절 할리없는 두 점포에 간판을 건 것이다. 우리의 용기가 우리의 가장 훌륭한 신이다 라고 어느책에 그 누가 적어 놓았듯이 새로운 구걸의 용기는 한 달이 지나기도 전에 돌아가는 세탁기의 빈 공간을 가득채우고도 남았으므로 청년 혼자만으로는 세탁일이며 바깥에 일감을 수거하고 배달해 주어야 하는 부족한 일손이 필요할 때에 엄마와 형에게 의논하여 이제 자동차 운전면허증을 발급받아 운전기사로써 돈을 벌어들이려는 바로밑의 동생을 합류시키고 가게일을 같이 하도록 하였다. 동생은 의류일에 전혀 기술이 없으므로 자연스럽게 바깥의 일을 걸어서 또는 자전거를 타고 일감을 수거해오고 배달하였다. 사람은 열 번된다는 속담을 현실화시킨 형에 문제가 없는 한 고위학력자의 길을 가고 있는 남매가 있는 청년의 가족들은 평화로웠다.

아직도 과일 노점상을 하고 있는 엄마도 아들이 하고 있는 하얀 의류의 일을 바라만 보고 있지 않았다. 아들의류가 시장의옷가게에 걸리면서 부터는 조금더 일찍 노점상을 정리하고 시장의 의류가게에 자주 들르며 담소를 나누었고 열 가지의 옷에서 일곱 가지가 팔려나간 옷값을 받고 가게주인의 주문에 열 개 옷을 다시 만들어다 주는 일이 잦아지고 엄마와 가게주인과의 대화도 주문업자와 납품업자의 내용으로 발전되어 지면서 토담집의 읍내에 요골목 저골목을 꿰뚫어 알고 있는 엄마는 의류만 만들어 낼 수 있는 공간을 얘기하는 아들에게 외곽으로 방치되어 비어있는 가게를 헐값에 세를 얻어 아들에게 보여주자 아들 장이는 만족해하며 미싱 세대와 필요기구를 준비하였고 또한 양복일을 포기하고 주변의 공사현장등 다른일을 하러 다니는 옛날의 기술자를 찾아 일감이 준비되어 있을 때 마다 와리먹기식으로 일을 하여줄 것을 얘기하는 청년에 제안을 거절하지 않았으며 옛날 부자집 친구에게 네가 세탁일을 담당하여 준다면 일종의 계약으로 세탁 수입금 삼분의 일을 네가 갖는 것으로 하자는 청년의 의견에 쌍 수를 들어 환영하는 대답으로 청년은 세탁일의 대부분을 신경쓰지 않아도 되면서 본업인 의류공장에 전념할 수 있었다.

아! 슬프다 과거의 추억에서 only 무남 독녀 외동 딸 하나만을 바라보며 애타는 마음으로 일생을 살으시던 할머니가 조금씩 되찾으시던 웃음을 유지하질 못하시고 세탁소가 4년이 되고 의류공장이 3년이 되어 하얀의류전문매장 문 여는 것을 열흘 앞두고 사람의 어떠한 지혜로도 막아낼 수 없는 죽음의 길로 들어 서신 것이다. 천둥이 치고 번갯불이 번쩍이면서 바람이 몰고온 소낙비가 훑으고 지나간 초원에 밝은 햇살이 비추어져 맑은 평화를 보는거와 같은 모습으로 돌아가신 할머니를 언제부터인가 가끔씩 할머니 집으로 찾아오시어 십자가가 매달린 길다란 염주를 할머니 목에 걸어주시고 십자가가 닿아진 할머니 가슴에 성호를 그어주신 후 무엇을 함께 염원하시며 기도하여 주시든 수녀님 안내에 따라 성직자들의 진실한 기도와 함께 따뜻한 봄날의 언덕에 매장하여 딸과 손자 손녀들에 애석한 마지막 작별을 나누었다. 그해에 할머니가 살아생전 보셨다면 더욱 좋았을 토담집을 다시 사들여 아직은 새 집을 지을 형편은 안되어 방 두 칸을 더 만드는 수리를 하여 엄마와 막내 딸이 안방을 쓰고 이제 대학생으로 고위학력자의 대열에 합류한 남동생이 공부에 불편함이 없도록 작은 방 하나를 내어주고서 청년과 두 형제가 나머지 방 하나를 쓰면서 다시금 토담집의 부엌에서 엄마의 칼도마 소리가 들리기 시작하였다. 청년은 남이 갖고 있지 않은 재능을 특별히 혼자만이 갖고 있는 것은 아니었다. 그러나 다만 그 외로웠던 소년시절의 생활은 생각하여 보면 그 시절에 것들을 축소되어진 어른들에 생활이었을 뿐이었다. 청년은 그시절에 모순이 된것들을 현실에서 개선하고 확장시키면서 형이 경상도 진주출신에 형수를 맞이하여 남매를 생산하고 좋은 중화요리라는 간판을 걸고 식당을 시작할 때에는 내년에 환갑을 맞이하는 엄마가 똘똘하게 생긴 처녀 하나를 데리고 열 다섯 평의 하얀의류매장에 진열되어진 옷을 다독이며 있었고 읍내 밖으로 세탁감을 주문받는 가게가 다섯 개 더 늘어나 있었다. 그러므로 일곱 개의 곳 에서 들어오는 일감으로 복잡하고 불편했던 좁은 세탁공장을 지금의 의류공장 옆으로 확장이전 하여 의류 생산과 세탁소에 일이 서로 밀접하게 관계되므로 의류공장의 근로자들을 일시적인 와리일감으로 급료 계산 하는 것을 개선하면서 하얀 의류 세탁 및 수선 작업을 같이 할 수 있는 조건을 서로 약속하고 직원으로 채용하여 자연스럽게 사장과 근로자의 관계가 되어 엄마가 현재 하나의 매장을 관리하고 부잣집 친구가 세탁과 수선일을 관리하며 바로 밑에 동생이 하얀색에 작은 봉고차로 하얀 의류공장의 바깥일을 담당하게 하였다. 이렇듯 청년은 생각에 원천에서 본능적인 자발성으로 이어져 무의식적인 상업행위가 점점 의도적으로 이루어지면서 자신 스스로가 득과 실을 계산 한다는 것을 느끼고 자신과 아무런 관계가 형성 되어 있지 않은 고객을 상대로 돈을 벌어야 하는 상업에서 그러면… 상업의 근본은 어디에 두어야 하는 걸까…?라는 생각으로 우선은 내가 만드는 상품을 소비자가 진심으로 믿어 주어야 하기에 하얀 의류 원가를 알아도 아-이 옷은 비싼 가격이 아니고 이 가격에 잘 만들어진 옷이구나라고 인정받는 것을 목표로 하고 그 곳에 생년월일과 원가및 소비자가격을 표시하고 그 디자인의 상품은 정해진 수량만 생산하였다.

그리고 지난날 임금체불에 안타까워 했던 경험이 있는 청년은 조금씩 조금씩 매출이 늘어남에 따라 같이 늘어나는 수입을 사장이 총무나 노무 전문가를 채용하여 관리 하는 것을 피하고 청년은 상징적인 사장으로서 수당만을 더 한 채 분기별 수입에 15% 만을 하얀 의류기업의 성장자금으로 적립하고 똑같이 분배를 하는 것으로 개선하여 회사와 직원들이 동반성장을 한다는 자부심을 갖게 하였다. 하지만 운명의 전투에서 청년의 작전대로 패배만 당하는 것 같은 운명은 청년에게 마지막 저항이라도 하는 듯이 읍내 밖의 하얀 의류세탁소

5호점의 가게에서 화재가 발생하여 가게 안에 잡화를 모두 불태워버렸고 가게 옆에 작은 공간 천장에 걸어져 있던 세탁 완성의류 11벌과 아직 수거 하지 않은 의류 여섯 가지가 불에 타는 사고가 나면서 당장에 적지 않은 옷값 배상을 하여야 했다. 그러나 청년의 불균형한 운명은 조금 조금 한 발 한 발 체계적으로 성장하려는 청년을 굴복시키지 못하고 더욱 단단한 체계를 구축하는 기회를 만들어 주었을 뿐이었다. 그것은 already 3년 전에부터 성장 비축 자금을 모아 놓은 돈으로 많이 많이 아까웠지만 손님들이 옷 값으로 적어낸 금액을 한 푼도 깍지 않고 오프로에 위로금 까지 얹어 배상을 해 준 사실이 지방 신문과 방송에 나오면서 작은 입소문으로 하얀세탁소 광고에 시너지 효과를 보게 되었다. 청년은 요번에 화재 경험으로 체계적인 계약 관계가 있어야 함을 느끼는 한 편 성장 비축 자금으로 보상을 정리하면서 살아생전 할머니가 가끔씩 말씀하시던 '뿌리깊은 나무가 가뭄 안탄다'는 속담을 실감하였다. 청년은 우선 하얀세탁소 본점 이외의 곳에 간판이 걸려 있는 가게와의 계약서를 작성 하기로 결정하였다. 조건은 본점에서는 기술만을 제공하며 수거 및 배달을 해주고 체인 점주는 매달 화재보험료를 본점으로 납부하고 모든 의류의 관리 및 책임은 체인 점주가 갖고 있다는 내용으로 쓰여진 계약서에 체인 점주들은 도장을 안 찍어 줄 이유가 없었다. 일종의 의류세탁 체인점에 시작이었다, 지나간

역사에서 갈릴레오는 단두대 앞에서도 자신의 뜻과 생각을 굽히지 않는 신념으로 그래도 지구는 지금도 돌고 있다고 되뇌었다고 한다. 세상은 그렇게 돌며 청년의 세월도 무르익으면서 지각적인 향상을 이끌어내어 남조선 반도의 지도를 펴놓고서 전국 14개 도시에 세탁체인점 28개와 의류매장 28개의 개장을 획책하고 스스로 자신을 과감하게 믿으며 혈기왕성한 추진력을 자제력으로 조절하면서 정직하게 오늘을 살고 내일 내일을 정직하게 맞이하는 것은 농부가 땅을 파엎고 고랑을 내어 작물의 씨앗을 뿌리는 것과 다를 바가 없었지만 농부의 행위는 한 해의 결실을 바라는 행위이고 청년의 행위는 흐르는 세월에 기약 없는 삶을 헤쳐 나가는 행위였다. 농부의 한 해 결실을 성숙 시키기 위하여는 밭고랑에 잡초를 움켜잡아 뽑아내어야 하고 흙이 마르지 않도록 푸른 5월에 하늘을 바라보고 비를 내려 줄 것을 간절히 기도 하면서 관리를 해줘야 하는 것과 같이 '사랑… 사랑' 역시- 관리가 필요한 우리들의 삶의 항목 중에 하나인 것은 확실하다. 모든 사람은 내 연인을 사랑한다, 하지만 그 사랑의 관리가 소홀해지면 내 속마음의 의지와는 관계없이 떠나 가버린다. 메마른 밭고랑에 물을 안 주어 시들어 말라죽은 작물과 다를 것이 없는 것이다 혼자만이 불멸의 환희만을 생각하며 혼자 이루려 했던 다미에 헌신적인 사랑도 아득한 12년의 세월동안에 관리 사각지대에 방치되어 있다가 자신의 존재감을 나타

나기라도 하듯이 비행기 안에서 잠들은 단잠의 꿈 속에서 잠
깐 보이는가 싶더니 또 다시 그 쓸쓸한 등 모습을 보이며 떠
나가버린 것이다.

다미는 어제라도 한바탕 소낙비가 지나가기라도 한 듯이
때마침 바닷물처럼 푸르고 맑은 고국의 서울 하늘아래 마련
되어 있는 호텔에 도착하여 관계인들과 인사를 나누고 한 달
보름간의 국내 일정등을 소개를 받고 호텔내 안내인에 의하
여 서울에서 지내는 동안 사용할 방을 안내받아 여장을 풀고
평소 입던 청바지와 내사랑의 마지막 선물이었던 십 이 년
동안 고이고이 간직하였던 남방셔츠를 꺼내입고 바로 옆의
어머니 방문을 두드렸다. 그러자 아직도 천천히 여장을 풀고
있던 어머니가 "오, 어서와 우리딸- 오- 근데 이 남방은 못보
던 건데?"

하며 문을 열고 다미의 상의를 바라보고 어머니가 얘기하자
"예- 어머니 국내에서 갖고 들어가서 안입고 있다가 오늘
처음 입어본거에요. 어머니 마음에 드세요? 오- 그랬구나…
으-음 예뻐 어깨목의 레이스도 잘 어울리게 넣었구 색상도
힘차고 환해서 좋아 지금 계절의 색이야 근데 왜 쉬지않고
피곤할텐데… 예- 어머니 외출좀 하려구요 오- 그래 오늘은
피곤할텐데 내일 하면 안되겠니? 예 어머니 생각해 보았는데
내일 화장품 광고하고 란제리광고를 촬영하다보면 시간이
안될 것 같아서요- 으음 그렇긴 하지 그래 다녀오도록해"

하고 말을 끝내는 듯하던 어머니는 그래도 궁금한 마음으로

"가는 곳을 엄마가 알면 안될까?"

라며 다미를 보자

"아- 어머니 괜찮아요. 옛날에 있던 청량리가 보고 싶어서요 변했는지 안변했는지 오- 그래 가 보고 싶고 궁금하겠지 십 년이 넘어서도록 못보았으니, 그래 다녀 오도록 해 그러면 차를 준비시켜줄까? 아니에요 어머니 길을 아니까 버스하고 택시를 타겠어요"

그렇게 어머니와 몇 마디의 대화를 나누고 서울역 앞 남산으로 오르는 입구에 있는 버스정류장에서 청량리로 가는 팔십칠 번 시내버스에 몸을 싣고 지나가는 차창 밖의 종로거리나 을지로, 신설동의 거리에서 큰 변화를 못느끼는 다미는 지금에 자신을 변화시킨 십 이 년에 세월은 까맣게 잊고 소녀시절의 기억이 들어있는 필름을 돌리고 있을 때 운명과의 전투전선에서 선봉장으로 나아가고 있는 청년 장이는 다른 형제들의 이런 저런 사연으로 참석을 하지 못하는 춘천 큰누님 댁에 내일 있을 큰 조카의 결혼행사에 참석하기 위하여 엄마와 막내 여동생과 함께 집을 나서 서울역에 도착하여 다미의 뒷길을 따라 춘천행 열차가 있는 청량리로 향하는 길에서 초등학교 2~3학년 시절일까…? 아버지에 양쪽 목발 옆에서 형과 함께 이길을 지금에 시내 버스가 아니고 시내 전차를 타고 청량리로 향하여 가던일, 조금 더 성장하고 무작정

상경하여 지금의 동대문 운동장 한 모퉁이에 쪼그려 자면서 하루밤을 지냈던 일등, 결국은 청량리 로터리 옆의 양복점에 취직이 되어 다미와 생활을 했던 일 년의 생활…

"아- 내가 다미가 주는 선물을 왜- 뿌리치고 돌아섰을 때 다미가 얼마나 서러웠을까? 분명 자기가 못배워서 무시 당한 것이라 생각했을 거야…"

군인 시절에서도 자주는 아니었지만 가끔씩 다미를 생각할 때면 그 부분이 너무 가슴아프게 다가왔었다. 그러나 지난 세월에 놓친 사랑은 남들은 아름답게 기억해낼지는 몰라도 청년 장이는 그 뿌리침으로 인하여 많이 슬퍼하고 서러워 하며 눈물을 흘렸을지도 모를 다미를 생각하면 가슴이 저려오며 자신도 슬퍼졌다. 그 이유는 일 년 동안에 다미가 자신에게 해주었던 것으로 보아 그것은 얼마든지 있을 수 있는 일이었기 때문이었다.

"어디에서… 잘살고 있겠지…"

하지만 이러한 사랑에 꿈은 오랜 가뭄으로 거북의 등짝같이 쩍쩍 갈라진 대지위에서 하늘을 향해 두 손을 모으고 비를 내려줄 것을 기도하는 농부와 같이 우리 인생이라는 연극무대에서 끊임없이 진실한 믿음으로써 사랑을 추구하는 한 쪽의 마음 역시 보이지 않는 사랑에 신을 통하여서라도 이룰 수 있는 운명적인 사랑도 있는 것이다. 십 이 년에 세월을 흘러 다시 찾은 청량리 로터리에 주변은 옛날의 오 육 층의 건물에서 십 층 이상의 건물들이 빼곡이 들어서 있으며 더욱 많아진 듯한 자동차들은 더 넓어진 로터리를 가득 채우고 돌고 있었다.

마침내 첫 사랑에 쓰라린 이별의 그 장소에 도착한 다들이는 밀라노에서 웨딩드레스를 입고 워킹을 하면서 패션전문가들에게 기립박수를 받기 전의 그 세월에서 봉걸레를 문지르며 흐르는 눈물을 찍어내던 슬픈 소녀의 애벌레 껍질을 벗어버린지 오래였으나 그 소년의 곁에서 행복한 나날을 보내던 양복점은 어데론가 사라지고 그 자리에 회색의 대리석을 사용하여 겉모습을 치장하고 지어진 빌딩앞에서 막연한 공허함에 슬픔이 밀려오는 것을 감출 수 가 없었다. 그것은 양복점의 식구 누군가에게 소년의 정보라도 들을수 있겠지 라는 간절한 기대가 몰락함에

"아- 어찌해야하나…"

하는 탄식과 함께 밀려오는 실망이었다. 그러나 다미가 소년을 포기 할 것 같았으면 내사랑을 지금까지 간직할 이유가 없었다. 더구나 아직도 비행기 안에서의 현실같은 꿈이 생생한데 다미는 곰곰이 생각하며 옛날에 소년의 집에서 오든 편지에 적혀있던 충청도 어느곳의 소년의 집주소를 기억해 내려 양복점의 장소에서 선물을 떨어트려 깨졌던 쓰라린 이별의 신호등까지, 도로위를 질주하는 자동차의 굉음들을 아랑곳 하지 않고 천천히 걷기 시작하였다.

이렇게 운명적인 사랑에 만남은 서서히 다가오며 청량리역에 도착한 청년에 식구들은 춘천행 열차 출발시간을 보니 아직은 짧지 않은 한 시간 삼십 분 정도가 남아 있었다. 청년에게 청량리역 광장과 로터리는 군인시절 휴가 때 서 너번 큰 누님댁에 다녀가던 길목이기에 그리 낯설지는 않았으나 그래도 스물네살에 제대하여 삼십에 들어서며 와보는 곳이니 육년만이었다.

"미정아 아직 시간이 남았으니 어머니 모시고 여기 대합실에서 잠깐있어…

저기- 앞에 오빠가 옛날에 일하던 양복점자리에 다녀올 테니까 여기서 보면 없어진 것 같기두 하고"

대학교 의상학과에서 사 년을 공부하고 의젓하게 졸업을 하며 희끗 희끗한 엄마의 머리위에 사각모를 씌여주고 지금은 하얀 의류의 매장 및 세탁체인점 확장의 업무에 종사하고 있는 막내 여동생에게 한 해 전에 환갑을 지내신 어머니를 모시고 있으라는 청년의 말에

"아- 알았어"

오빠가 서울생활을 여기서 하였구나 하고

"오빠 다녀와"

하는 여동생의 말을 뒤로하고 대합실을 나서는 청년이 하얀의류의 매출과 세탁체인점의 매출은 점치고 짐작할 수 있

※ 다들이는 소년이 지어준 이름

었으나 운명적인 사랑과의 상봉이 이루어 질 수 있다는 것은 점칠수가 없었다. 우리는 무엇이 되었든 한 가지 이상을 사랑하며 살아간다 따라서 사람은 자신의 마음을 쏟고 최선을 다했을 때 안도하면서 즐거움이 있다는 것을 알고 있지만 그러한 행위를 하고 그 행위에 의하여 내가 나를 구원하였다는 것을 아는 사람이 몇 이나 될까…

그러나 여기에 청년은 이것이 나의 최선이다라는 자신을 믿으며 자연스럽게 자신의 정신에 안착시키고 그 정신의 아주작은 일부분을 갖고 생활하였던 그 장소에는 여전히 커다란 원형으로 유지한채 로터리는 있었으며 그 한쪽곁의 건물에는 하루 두 끼 밥값을 저금하던 조흥은행 간판도 보였다. 청년은 이윽고 십 여 발자욱을 옮기며 두고 두고 안타까워해야 했던 다들이의 쓰라린 이별의 장소가 되어버린 신호등에 다다르게 되어 다미가 주저 앉으면서 장이야- 장이야- 하고 부르던 모습이 떠오르고 숙연히 고개가 숙여져 보도블록을 내려다 보며 그때에 자신을 원망하면서

"내가 왜 그랬을까…? 신호야 한 번 더 받으면 되는 것을 한 마디 인사라도 해 주었어야 하는데 얼마나 서러웠을까?! 미안해 다미야"

하는 가슴속에 말을 한숨으로 내쉬며 천천히 고개를 들어 양복점이 있던 장소를 바라보는데 이 십 여 발자욱 앞에서 걸어가는 여자에 뒷모습의 머리카락이 한 묶음으로 묶여져

말꼬리 모양의 뒷머리가 등 어깨에 닿아져 있는 남방셔츠는 한 순간에서라도 더 바라볼 수 있게 하는 노랑, 파랑, 분홍색의 마름모꼴 모양에 낯익은 색깔이었다.

　청년은 한 발 두 걸음을 옮기며 왼 팔을 앞 가슴에 구부려 붙여 오른쪽 팔꿈치를 받치고 턱을 고인채 무엇인가를 곰곰이 생각하는 듯 천천히 앞에서 걷고 있는 사람에 뒷 모습을 뚫어지게 바라보면서 혹시?! 하는 생각에 앞의 뒷모습은 그 옛날의 다미에 뒷모습이었다. 청년에 얼굴은 순식간에 닳아 오르며 진짜?! 다미?! 아냐 그럴 리가 없지… 십 년이 더 지났는데 그 옷이 어떻게 있어? 내가 잘못 생각한거야 하고 빨리 걸어서 뒤쫓으려 했던 걸음을 잠시 멈추고 눈을 감으며 고개를 좌우로 흔들어 다시 눈을 뜨는 찰나에 대략 양복점이 있던 그곳에서 몸을 돌려 청년에 앞으로 천천히 걸어오는 것이다.

　한 걸음 두 걸음 다가오는 여자는 청량리 로터리 주변에서는 아무 때 라도 볼 수 없는 모습으로 은색의 동그란 베레모를 쓰고 진하지 않은 검정 선그라스로 두 눈 주위를 가리고 백 칠십육의 주욱 뻗은 두 다리에 달라붙은 듯이 입고 있는 청바지의 색깔에 맞추기라도 한 듯이 하늘색의 가벼운 운동화하고 편하게 걸쳐 입은 듯한 남방셔츠에 차림은 오늘 같이 맑게 개어있는 파란하늘 거리에서 잘 어울리는 밀라노 패션 모델이 연출한 밀라노 패션이었다.

청년은 다미가 당나귀로 변하여 토담집에서 같이 지내고 있다는 것을 알 수 없었듯이 자기만이 알고 있는 이름 다들이를 변화시킨 십 이 년의 세월에서 고된 역경을 이겨낸 세계적 모델이라는 사실을 알을리 없으므로 자신에 앞으로 가까이 다가오는 저 여자의 분위기에서 몇 초 전 까지만 해도 생각했던 다미에 생각을 지워버리려하는 그 사이에서 그래도 주먹하나 사이로 그 여자와 지나칠 때 저절로 두 눈에 들어오는 것은 이 여자가 입은 남방셔츠였다. 순간에 청년은 이 여자의 목둘레와 어깨에서 살랑 살랑이는 레이스를 발견하고

"어, 저건 내가 다들이에게 다미가 목하고 어깨에 레이스를 달아달라고 했던건데…"

남녀 칠세 부동석의 선봉자는 이 숨가뿐 순간에도 선뜻 나서질 못하고 이내 지나쳐 버려 서 너 걸음을 뒤로 가는 밀라노패션의 모델같은 모습의 여자를 보고

"설마 다미가…? 아닐 거야'라고 생각하면서 눈길을 떼려다가 아냐- 다들이도 키가 컸었잖아 물어보기라도 하여야지 그렇치 않으면 또 후회하게 될거야- 그래야지 다미한테도 덜 미안한것이다."

생각하고 옛날의 다미가 그랬듯이 다시 빠른걸음으로 여자의 뒤를 쫓아가 옆으로 붙어서면서 옷깃이 스칠정도로 가까이 다가가도 무슨생각으로 깊이 빠져있는 다미는 턱을 괴고

걷는 모습에서 변함없이 느린 걸음과 함께

"추-웅…남..대 덕군…"

무어라고 웅얼거리면서 자신의 곁으로 다가와 같이 걷고있는 청년을 아랑곳하지 않고 자기 갈길만 가는 듯 하다가 무슨 생각이 신통치 않은 듯 고개를 갸웃등 할 때

"저기요… 혹시 이름이 다미씨 아닌가요?"

하고 턱을 괴고 있는 오른쪽으로 바싹 다가붙어서 옆을 바라보고 묻자 검은 안경 알속의 두 눈이 반짝하고 놀라는 빛을 내었는지는 볼 수 없었지만 부드러운 힘을 발산하며 청색의 링귀고리를 장식한 연미색의 두 귀는 분명 쫑긋하고 청년의 목소리를 감지한게 틀림 없었다.

환청! 다미는 이제 신호등의 이 자리에서 쪼그리고 앉아 울던 가련한 소녀가 아니었다. 지금 심혈을 기울여 생각하고 있는 소년의 집주소에 생각은 순식간에 날라가 버리고 십이년의 세월동안 내가슴에 남아있는 유일한 목소리 언제나 저음으로 깔리며 침착하게 얘기하던 소년에 목소리 소년이 원하던, 원하지 않던 유일한 내 남자의 목소리… 이것은 다미에게 세상에 존재하는 단 하나의 유일한 목소리였다. 지금 잊을 수 없는 그 목소리가 지금 환청같이 들린 것이다. 다미는 멈칫한 걸음에서 반 뼘 쯤의 작은 키로 그 목소리를 던진 것 같은 사람이, 쓰고 있는 검은 안경의 바로 눈앞에서 아물거리는 것을 확인하고 과연 지금 이 환청도 아니고 꿈도 아

니라는 것을 확인하려고 안경테에 손을대어 벗어보려고 할 때 그 유일한 저음에 목소리는 다시 갈리며

"아… 저- 성함이 다들씨가 아닌가 해서요? 죄송합니다"

라는청년의 말 소리에 다미는 부르르 떨리는 가슴에 사지가 굳은 듯한 긴장감으로 과연 이것이 진정 당나귀 꿈일까?! 다들이라는 이름은 장이가 지어서 장이 혼자만이, 혼자만이 알고 있는 이름이었다. 적당한 한문을 알고있는 장이는 많을 다자에 들(field)이 많아야 부자가 되는 것이라며 다미에게 별 명같이 지어주고 가끔씩 혼자 다들이 너는… 하면서 부르던 이름이었다. 시간은 모든 것을 창조시킬 수 있으며 앗아가는 일을 할 수도 있다는 것을 다미에 역경의 세월속에서 생생한 수업으로 실감을 할 수가 있었다. 다미의 끈질긴 고집같은 하나의 진실은 당신이 내곁을 떠났다고 하여 당신이 나한테 서 영원히 사라진 것이 아니라는 것을 생각하고 다시 또 생 각하며 거부할 수 없는 지금에 현실을 확신하고 다미는 이윽 고 안경 선그라스를 벗으며 두 눈 가득히 들어오는 남자에 모습은 이미 양복점의 초라한 다락공장에서 시선을 교환하 고 서로가 서로를 알아볼 수 있는 조건이 성숙되어져 있는 장이의 모습이었다.

13.

 다들(다미)이는 감격에 겨워 기절이라도 할 것 같은 자신을
억제하여 외마디 소리도 지르지 못한 채 그 녀의 순수하고
웅변적인 피가 그 녀의 온전신을 휘돌으며 두 팔로 이렇게
많이 성장한 청년 장이를 가슴으로 끌어 안을 때 청년과 같
이 많이 성장한 처녀의 오른 손가락에 매달려 있던 안경 선
그라스가 보도블럭으로 떨어져 퍼벅 하고 깨지는 것에 두 남
녀는 개의치 않고 불타는 정열로 완전 한 육체의 영혼이 결
합이라도 된 듯이 자신들의 주변으로 많이 오고가는 사람들
이 바라보거나 말거나 한참을 꼬오옥 끌어안고 그렇게 있다
가 누가 먼저라고 할것 없이 나란히 쪼그려 앉아 나동그라져
있는 안경테와 깨어진 안경알을 주워 모아 서로의 손바닥 위
에 올려 맞추어 보고 서로의 애원과 애정이 뒤섞인 시선을
마주치며 뜨거운 눈물이 괴어 그렁 그렁한 것을 확인하며 다
시 한 번 포옹을 시도하였다.

"미정아 오빠오는게 아직 안보이니?

으-응 엄마 삼십분 남았는데 표받고서 나가야 될텐데…"

화복과 길흉의 운명의 기로에서 새로운 운명적인 사랑에 만남을 연출하고 있는 청년을 기다리며 청량리역 대합실 밖을 바라보면서 두 모녀가 얘기하다가 역광장을 오고가는 인파속에서 광장중간쯤에 나타난 청년을 막내딸이 발견하고

"엄마- 저어기 오빠가 오네-

오- 그래 그럼 그렇지 시간을 잊을애가 아니지 그런데 양복점 사람들을 만났나? 오래 있다가 오네-"

작은 마을의 지주댁에 무남 독녀 외동 딸로 태어나 곱디고운 아씨로 성장하여 그 곱디고운 아씨에 모습을 유지하질 못하고 운명으로 얽어진 지독한 가난의 굴레속에서 금강의 물속으로 몸을 던지지 않고 살아온 것을 다행으로 생각하며 살아가는 어머니가 언제나 가슴속에 엉겼던 것들은 내일 또 내일 자식들에게 먹여야하는 양식거리였다. 그러나 흐르는 어머니에 세월도 역시 조금씩 조금씩 먹을 수 있는 그 양식을 창조해 내었으며 또 다시 자식들에 의하여 가난 역시 조금씩 조금씩 앗아가기 시작하면서 어머니에 모든 걱정이 없을 듯하였으나 요즘에 와서 내가 더 늙기전에 하시면서 새로운 욕심으로 청년의 아내가 창조되어 줄 것을 겉으로나 마음속으로나 바라며 빌고 있었다.

"그런데- 엄마- 오빠가 혼자가 아니고 어느 여자하고 같

이 오는 것 같은데 저 어기 봐 엄마"

토담집의 가족에서 비타민 역할을 단단히 하고 있는 막내 딸이 가르키는 곳을 바라보는 엄마는

"오- 그러네 키도 시원스럽게 크고 둘이 걸어오는 모양이 어찌 저리 잘 어울릴까,…"

어울릴 수 밖에 없는 두 사람의 모습을 어떤 기대에 찬 시선 으로 바라보며 얘기하는 사이에 다미와 장이는 두 모녀 앞에 도착하여 잔뜩 기대 찬 눈길로 다미를 보고 있는 어머니에게

"이 사람은 제 친구인데요 왜! 그 전에 제가 여기 양복점 에서 일 할적에 설 날인가 언제… 엄마 할머니에게 내복을 사주고 보약을 해 준 사람이 있다고 했잖아요?"

하면서 어려움 없이 다들이의 등어깨에 손을 얹으며 얘기 하는 아들의 말에

"응- 그려… 그래 그런 적 있었지 생각나 근디?-
예- 어머니 이 친구가 바로 그 사람이에요"

라고 하자 백내장 수술이라도 해 드려야 할 듯 요즘에 와 서 총기가 흐려져가는 두 눈을 크게 뜨며

"오- 그랬구나 고맙기도 하지 아이고 이렇게 이쁜 색시가 마음도 곱게 고마워요- 고마워-"

아들의 말이 미처 끝나기도 전에 벌써 다들이의 두 손을 부여잡고 손등을 문지르며 반가워 어쩔줄 몰라하는 엄마 옆 에서 무슨 말인가 하고 싶어 하다가 드디어 엄마의 반가운

인사말이 끝나는 듯하자

"근데 오빠- 이 언니가 그 사람하고 엄청 많이 닮았어- 정말 많이 닮았다-"

고 하면서 어리둥절해하는 궁금한 표정으로 얘기하는 막내 여동생을 보고

"미정아 무슨 소리를 하는 거야? 오늘 처음 보는 언니가 누구하고 닮았다고 그래…

응- 오빠 나 대학교 때 다닐 때 디자인과에 오후 강의를 들어 가면서 교수님이 한 번도 빼먹지 않고 얘기하는 유명한 한국계 이태리밀라노 패션모델 있는데 그 모델 이름이 양다미 베네디거든…

근데 이 언니가 그 여자하고 완전 쌍둥이 같애 진짜, 어제 읽은 월간 패션 잡지에서는 요번 5월 달에 한국에 촬영하러 왔다가 이십 일 체류한다고 하던데…"

의상학과를 전공한 막내 여동생의 모호한 패션계의 얘기를 듣고 있던 오빠가

"미정아 그 모델 이름이 양다미라고?-

응- 오빠 이태리에서 활동한지가 십 년이 넘었는데 왜? 오빠- 오빠도 알고 있었어?"

언젠가 청량리 양복점 아줌마는 다미에게 얘기했었다. 서로 좋아하여 사랑하다보면 헤어졌다가 만나면 더 기쁘고 또 헤어지면 슬프고 다음에 만나면 더 기쁜거야 라고 또 다시

귀염이와 소년이 헤어져야 하는 시간은 점점 다가오며

"미정아" 하고 부르는 소리에

"으응 오빠" 하며 바라보는 여동생에게

이 언니 이름이 양다미인데 라고 하며 다시 바라보는 다미의 얼굴표정은 떨리는 모든 흥분을 가라 앉히고 모든 이성을 되찾은 듯한 차분한 모습으로 소리없이 웃고 있었다.

"어- 정말? 정말- 그러면 언니가 이태리 그 모델이에요? 맞아요?"

하고 다미를 보며 묻자 고개를 살래 살래 끄덕이며 사실확인을 하여주는 다미를 보고 놀라는 이는 엄마도 장이도 아니었다. 다만 이제 하얀의류매장을 확장시키려 하는 막내 여동생에게는 상업광고의 대단한 호재로써 오빠의 명함을 내어주고 저렴한 댓가로 하얀의류에 모델이 되어 몇 장에 사진을 박아달라는 여동생의 부탁을 받으며 소년이 스스로 정한 날에 다시 만날 것을 약속하고 한 번 더 운명적인 사랑과 이별을 하고 되돌아가는 팔십칠 번 좌석버스안에서 차창밖을 바라보는 다미의 눈앞으로 스쳐 지나가는 모든 것들은 역시 흐르는 시간이었다. 흐르는 시간은 창조도 할 수 있고 모든 것을 앗아갈 수도 있지만 각자의 노력에 따라 다시 재생할 수도 있으면서 새 잎을 피울 수도 있다는 것을 아는 시간이 다미도 장이도 적지 않은 시간이었다.

제1부 끝

한다지만 그늘께 가서 휘휘하게
날개를 퍼는 부엉이

내사랑 … 하얀 굼벵이

지은이 : 이상엽
발행일 : 2020년 8월 20일
인쇄일 : 2020년 8월 20일 (초판)
인쇄처 : 충주문화사
　　　　(전화) 02-2277-7119
ISBN : 979-11-86714-07-2

값 8,000원